LE MONDE
EST UN REPROCHE

JAY ALANSKY

LE MONDE EST UN REPROCHE

roman

L'Harmattan

Du même auteur

Hermine et le vieux jeune homme, L'Harmattan, 2015.

5-7, rue de l'Ecole-Polytechnique, 75005 Paris

http://www.editions-harmattan.fr

ISBN : 978-2-343-13693-6
EAN : 9782343136936

« **A woman must have everything** » Joni Mitchell

I

« Je suis un des points singuliers par où la souffrance de la planète rayonne. »

Catherine Pozzi

C'est laid le désespoir d'une femme, personne ne veut avoir affaire à cela, personne n'a envie de s'y frotter, alors quand j'ai enfin compris que rien ici ne pourrait me retenir plus longtemps, aucune main tendue, aucun réconfort, je suis partie, j'ai tout quitté. Dix ans, ça fait quelque chose tout de même ! Cette ville, je l'ai un peu aimée, je crois, même si je n'y étais qu'un spectre, une ombre qu'on ne remarquait pas, me déplaçant en laissant le moins de traces possible. Personne ne m'a regrettée ; enfin, peut-être quelques types dont j'ai partagé le lit, les yeux fermés, le nez bouché. Impossible de savoir entre le dégoût et le plaisir, impossible de me souvenir précisément. J'ai cette capacité, quand il le faut, de calciner ma mémoire, d'y creuser des trous comme des tunnels qui ne mènent nulle part, mais me sortent de là où je suis à peu près indemne, toujours vivante et prête à oublier que le piège se referme et que rien n'ira en s'arrangeant. Quand je croisais ces hommes dans la rue, dès qu'ils me voyaient, ils changeaient de trottoir. Je les effrayais, semblait-il. Ce n'est que le soir qu'ils osaient m'aborder, dans un de ces cafés où je traînais. Il paraît que j'étais belle, « à couper le souffle » me dit Henri la première fois, mais je n'étais pas assez ivre pour le croire.

J'avais pris cette habitude, après le travail, de m'installer au Loup Blanc, sur la banquette du fond, râpée et éventrée ; une laine grisâtre et puante en dégueulait par endroit, et j'y fourrais les doigts en buvant mon rhum. Il faisait froid. Dans la région, la pluie tombait deux cents jours par an et il me fallait une bonne demi-douzaine de petits verres pour que mon corps se réchauffe enfin. Le nom m'avait plu. Le Loup Blanc ! Je m'imaginai une *toundra* où se perdre, un espace sauvage, à l'abri du monde, mais à peine franchi le tourniquet, je fus assaillie par une odeur de graisse et une fumée opaque. Je n'eus pas le courage de chercher ailleurs, je m'affalai dans un coin ; le soir suivant, il pleuvait encore, je retournai au Loup Blanc.

J'étais bibliothécaire, mais la littérature étant peu prisée des gens du coin, je rangeais, triais, classais, et dès que j'avais du temps, je lisais. Je n'établissais aucune hiérarchie dans mes lectures, je dévorais plusieurs livres par semaine, selon mes intuitions, en piochant dans ce mélange assemblé sans réelles intentions éducatives, culturelles ou esthétiques : des classiques, des best-sellers, des curiosités atterries là, on ne sait comment. Je relevais des passages dans de grands cahiers, gribouillais dans les marges, dressais des listes. D'urgences, de priorités et d'*à découvrir si le temps me le permet*. Et puis, petit à petit, j'ai cessé de le faire ; il est des circonstances où l'on se décourage facilement, où le chemin devient trop étroit. L'accablement prend toute la place.

Ces années, je les ai vécues dans l'idée que quelque chose de terrible allait m'arriver. Je pensais avoir connu le pire, mais je sais maintenant que le malheur est proportionnel à ce que l'on est capable de supporter, comme si quelqu'un, quelque part, une main invisible, sachant votre capacité d'endurance, s'ingéniait à vous en rajouter. Élevée dans le déni, l'inquiétude et le tourment, même si je faisais tout pour échapper à cette intranquillité chronique, elle me rattrapait toujours, où que je fusse. Je me levais le matin, longeais les murs tête baissée pour rejoindre la bibliothèque, où là, enfin, je soufflais un peu ; j'étais presque bien. Plus encore que dans la maison délabrée que je louais une bouchée de pain et où je passais le plus clair de mon temps, en dehors des heures d'ouverture et des soirs au Loup Blanc. Il y avait une avancée d'herbes folles d'une dizaine de mètres derrière la cuisine, ils avaient appelé ça un *jardin* dans l'annonce, puis un large salon avec *sa cheminée en état de marche, sa tommette de Provence et son canapé rouge*, qui n'ont pas bougé dix ans durant. L'été, le sol rafraîchissait mes pieds, l'hiver, je me réfugiais au premier dans ma chambre contiguë à la salle de bains, ou le plus souvent, à l'étage au-dessus. J'y avais aménagé une pièce particulière où personne n'est jamais entré. Là, je lisais ou ne faisais rien, écrasée par les souvenirs. Il faisait bon, je pouvais m'abandonner à ma rancœur, je ne risquais pas grand-chose. Assise ou à demi allongée, débraillée, presque nue, j'attendais vautrée sur des coussins, dans le silence. Comme si mon corps se devait de ne plus se cacher, pour pouvoir recevoir enfin l'imaginaire récompense d'une caresse. J'étais encore capable, derrière mes yeux clos, de revoir certains visages d'avant, de reformer les êtres, peaux et sangs, de les frôler, de presque sentir leur odeur, les couvrant de baisers dans le vide, jusqu'au plaisir parfois. Au bout de quelque temps, les images furent de plus en plus difficiles à convoquer, mes efforts n'y pouvaient rien, elles disparurent. Les voix s'étaient tues, éteintes ; les contours devinrent si flous que finalement, je renonçai à essayer de les retenir, et du jour au lendemain, je ne mis plus les pieds dans la pièce du deuxième étage. Beaucoup se répandent sur les surprises de l'existence, mais la plupart du temps, incapables que nous sommes de déplacer les montagnes, rien n'arrive.

Chacune de mes journées obéissait à un rituel plutôt strict et ressemblait à la précédente ; pourtant elles étaient toutes différentes, car les mots des livres entraient en moi. Les mots. Lames chaudes et tranchantes, ils se bousculaient. Toujours neufs. Sacrés, célébrés, ils pénétraient ma chair. Oui, à chaque lecture, de nouveaux destins, échos du mien, me rassuraient un peu sur mon sort ; ils avaient été trahis eux aussi, abandonnés, ils avaient souffert, je n'étais pas seule. Je rencontrais les autres dans l'ascèse de la lecture. Ma solitude m'offrait ce cadeau. Je me préparais à la vraie vie et je savais que bientôt tout prendrait sens. J'étais d'une patience inhumaine, j'attendrais. Le Loup Blanc était parfait pour cela. Une escale, un lieu, qui vous aspirent comme un gouffre, mais où personne n'a vraiment envie de s'éterniser. Je me connaissais suffisamment pour savoir ce dont j'avais besoin et, une fois ma dose d'alcool ingurgitée, je décampais. L'air vif me tirait un moment de ma torpeur ; dedans, ça continuait de crier dans tous les coins, ça rentrait, sortait dans un brouhaha effroyable. Le mot *vivant* revenait souvent dans la bouche d'Yvonne, la patronne de l'établissement, une grande bringue veuve et gueularde — il fallait bien qu'elle le fût, pour que quelqu'un l'entende. « Le quartier est si vivant, et toute cette jeunesse aime tellement se retrouver au Loup Blanc. N'est-ce pas, mes chéris ? » J'approuvais d'un œil vitreux.

Et puis, après tant de soirées perdues, malgré tous ces efforts pour l'oublier, dans tous ses détails, venue d'on ne sait où, resurgit en moi, décharnée, comme une ombre frappant à ma porte, l'existence en lambeaux qu'ils m'avaient tous volée, les uns après les autres, méthodiquement, depuis le jour de ma naissance. Je décidai donc de l'écrire.

Dès le mois de mai, quand je ne travaillais pas, profitant de la lumière et de l'air du printemps, je m'installais dehors dans un transat, et commençait alors une guerre impitoyable entre verbes, sujets, mémoire et invention pure. Je ne m'habillais pas ; j'aimais être nue, me faire des bleus en me cognant dans les portes, voir le reflet de mon sac d'os dans la glace du corridor. J'y reconnaissais ma mère, anguleuse et voûtée. Je mesurais d'où je venais, le petit enfer calme et méthodique de mon enfance ; seule ma poitrine, conséquente, faisait tache, anomalie de la nature. Alors, je tournais la tête.

J'avais de la terre collée en paquets sur la plante des pieds, de l'herbe entre les orteils, des bêtes à bon Dieu se posaient à l'intérieur d'une cuisse ou sur le bas de mon ventre. Je sentais l'air glisser entre mes jambes, effleurer mon sexe ; alors je palpais l'endroit tendre et je n'avais besoin de rien de plus. Chaque après-midi, j'avalais plusieurs litres de thé. J'écrivais sur des feuilles libres qui s'envolaient quand je ne les maintenais pas assez serrées entre mes doigts. Je me suis appuyée, pendant tout ce temps, sur un gros livre trouvé au milieu des poubelles, une nuit, sur cette place face à la gare : une monographie de la peintre Léonor Fini. Parfois, pour m'extraire et me délivrer de la tyrannie des phrases qui vrillaient mon cerveau, agressives et vicieuses, j'en feuilletais quelques pages. Plus que ses tableaux, j'appréciais les photographies où elle posait — intérieur baroque, fantasque, dénudée, entourée de ses chats — sa réclusion et cette liberté m'encourageaient. Léonor Fini n'avait besoin de personne, elle n'était l'objet que de son propre désir. « Impossible à vivre », disait-on. J'étais dans le même état, je comprenais.

Au début, ce fut agréable d'écrire. Il était donc si facile de lâcher la bête, de régler ses comptes ? Puis c'est vite devenu un supplice, un combat dont je sortais vidée, exsangue. Ce n'est pas que les mots luttaient ou ne voulaient pas sortir, non, ils étaient là, prêts et vaillants, mais il me fallait les contraindre, les rendre dociles. Bien sûr, je me plaisais à croire qu'ils gouvernaient, que je devais les laisser faire leur travail. Cet affrontement intérieur, cette contradiction m'épuisaient ; deux phrases me prenaient l'après-midi, et je recommençais le lendemain, avec cette manie que j'avais de tout relire depuis le début. Le rythme devait épouser le sens, la ponctuation m'obsédait ; les parenthèses, les points, les virgules, comme des portes que l'on ouvre ou que l'on ferme, un souffle court ou une expiration victorieuse. Je voulais extirper la vérité des viscères du monde, porter une juste lumière sur chaque chose — aucune omission, aucune compromission possible, mes jours en dépendaient. Il fallait que je me précipite aux extrêmes, que je m'abîme contre les murs qui me barraient la route, me contraignaient au mensonge et m'empêchaient d'avancer. Je devais m'y amocher pour les abattre, que tout sorte enfin, pur de toute incorrection, lavé de toute imposture. Que cherchais-je vraiment, tant mettre en ordre ce chaos m'était une tâche insurmontable ? Dans ces moments-là, j'arrêtais de lire. Tous ces *chefs-d'œuvre* entassés dans les rutilants rayons des librairies m'écrasaient de leur autorité et, déconnectée du monde et de mes attentes, la mécanique de tous ces *écrivains* me semblait soudain tourner à vide. Je voyais clair, je m'étais trompée sur leur compte. Donneurs de leçons, se regardant faire, célébrant en spasmes affectés, l'amour, l'excès ou la folie, sans en présager le goût ni en sentir l'haleine, ils écrivaient… fleuri, décoratif. Ils écrivaient, mais ne risquaient rien, faisant de la littérature comme d'autres de la broderie. L'urgence, le danger, cette capacité à descendre là où il n'y a plus rien que soi et l'obscurité de soi, moi je l'avais, pas eux.

Ma chambre n'était que là où j'échouais, très tard, je n'y recevais jamais personne. J'y traversais les nuits, rarement paisibles. Épuisée, quand l'angoisse s'installait, et elle s'invitait sans que j'en note les premières manifestations, je ne dormais plus, pas une minute. Je descendais, comme poussée par une force sombre, au cœur des hontes d'une vie, qui, j'en étais certaine, ne tenait qu'à un fil. J'allais me dissoudre, pourrir de peine. J'avais peur. Je ne voulais pas mourir, pas encore, pas maintenant. Je ne faisais que des rêves vite oubliés. Quand il m'en restait quelque chose pourtant, impression vague, souvenance, je les consignais dans des carnets. Leur lecture, une fois qu'ils étaient pleins, était source d'étonnement et d'effroi. Tout était classé par mois (je suis ordonnée) dans l'imposante armoire face à mon lit. J'en ouvrais les portes grinçantes, et ses relents de bois humide me soulevaient le cœur. J'avais beau y déposer de la lavande, l'asperger d'eau de Cologne ou y brûler de l'encens, ses tiroirs exhalaient toujours cette odeur de *vieux*, cet effluve déplaisant. Mais peut-être était-ce mes rêves entassés là qui puaient ainsi ?

Je n'avais pas de proche voisin. Je vivais dans une petite ville, je croisais les mêmes gens chaque jour et, malgré les sourires de connivence des commerçants ou les signes de tête, je ne connaissais personne. J'ai presque fini par chérir ce dénuement, ces bâtiments lugubres, cette absence d'espoir inscrite partout, sur les devantures et les vitrines. Condamnée par la force molle de l'indifférence, défaite après défaite, je m'étais retrouvée là. Ces lieux n'attiraient pas grand monde, et comme la beauté est vouée à disparaître, ici j'étais déjà dans *l'après*, je n'avais rien à craindre ; tout était hideux, sans avenir et il y avait peu d'espoir que cela change. À peine les saisons m'indiquaient-elles le temps qui passait.

Quand Henri m'a abordée dans le sanctuaire du Loup Blanc, j'étais plongée dans Barbey d'Aurevilly, un texte rare, *Pensées détachées* : « La pensée *détachée* c'est la flèche qui vole (…), elle vibre, elle traverse, elle va frapper. » Il s'est étonné que je ne résiste pas plus. Moi aussi. Nous sommes allés chez lui, et je me suis laissé faire. Qu'est-ce qui m'a pris ? À Paris, j'avais connu pire, je m'étais laissé faire aussi ; alors Henri et ses petits désirs m'ont presque attendrie. Je me promenai nue dans sa minuscule maison qui donnait directement sur la rue, il tira les rideaux nerveusement — j'en rajoutai un peu. Puis il glissa deux billets sous un verre sur la cheminée, versa le vin, opaque, onctueux. Je n'avais rien demandé, et dépassé l'inattendu de son geste, l'humiliation que je ressentis me troubla. Une chaleur inaccoutumée me monta au visage, j'essayai de n'y rien laisser paraître. J'étais arrivée à mes fins, je n'étais donc plus grand-chose : rien qu'une femme que l'on pouvait avoir pour quelques sous.

Cela devint nos habitudes pendant quelque temps. J'écris *quelque temps,* mais finalement, il me semble que des années passèrent ainsi. L'argent m'a grisé un moment, mais j'ai réalisé que je ne céderais jamais ma place de bibliothécaire à quiconque ; les livres m'ouvraient leurs portes, comment aurais-je pu les abandonner ? Un soir, après quelques banalités échangées avec une connaissance passée chez lui, Henri s'impatienta, il avait envie, cela ne pouvait plus attendre. Je ne fus pas dérangée que l'homme, prénommé Jean-Marc, reste et nous regarde ; je lui jetai un coup d'œil de temps en temps. Son visage, aux traits fins, était cramoisi ; on étouffait dans cette chambre. Il passait fébrilement sa main dans la longue chevelure qui lui faisait, dans la pénombre, ressembler à une fille. La fois d'après, nous l'avons fait à trois. Comme ils prirent bien soin de ne pas se toucher quand ils s'occupèrent de moi, m'embrassant timidement dans le cou, puis soudain, enfouissant leurs têtes entre mes jambes, bouffant mes chairs, les triturant de leurs mains moites ! Ils s'attardèrent sur ma poitrine, ce que j'avais de mieux, paraît-il. Je ne pris pas la peine de faire semblant, je n'eus pas de plaisir, si ce n'est celui d'être un objet qu'on bouge, qu'on tord, qu'on manipule. Je m'absentai mentalement, glissant entre leurs doigts, pour leur seule satisfaction. Je sentis que cela contraria Henri. « Tu n'es pas venue », me répéta-t-il plusieurs fois. Les hommes veulent toujours que les femmes viennent.

Et puis, un dimanche où je les rejoignis en fin d'après-midi, déjà cuits d'un trop long séjour au Loup Blanc, ils se sont laissés aller et n'eurent plus besoin de moi. Ils riaient bruyamment de leur découverte, et je riais avec eux, soulagée un instant du poids qu'étaient nos vies. Ils n'avaient aucune pudeur, et devant mes yeux, se donnaient l'un à l'autre, sans retenue. Je trouvais leurs corps disgracieux, leur odeur forte, mais leurs baisers, impatients et nerveux, semblaient les emporter si loin dans l'abandon et la jouissance, que cette laideur s'en trouvait transfigurée.

Nous buvions beaucoup (ce soir-là, nous avions notre compte) et je finissais souvent par terre, à genoux devant l'étagère riquiqui de la chambre, à chercher en vain, dans la navrante collection de livres d'Henri, quelque chose à me mettre sous la dent. Alors, c'est devenu une habitude, après mon tour, maintenant vite expédié, une sorte de mise en bouche ou d'échauffement, Jean-Marc criait sous les assauts de son amant inespéré. Comme je n'avais pas la force de rentrer seule, nous attendions le jour et partions ensemble prendre un petit-déjeuner avant d'aller travailler. Nous croisions épaules courbées, faces livides, dans les basses lumières de l'aube. Je ressentais, dans le meilleur des cas, une tristesse perverse à me perdre ainsi, et dans le pire, un total désarroi.

Un soir, ils m'ont présenté Megan, une Californienne atterrie dans ce trou on ne sait comment. Elle n'était pas leur genre. Que faisait-elle avec eux ? Je ne l'ai jamais su. Nous avons parlé littérature américaine. Elle aussi aimait Anne Sexton, poétesse dérangée que personne ici n'a pris la peine de traduire — j'avais acheté ses œuvres complètes pour trois fois rien, l'année d'avant, à une octogénaire anglaise qui tenait un salon de thé-brocante à la sortie de la ville. J'y allais quand je n'en pouvais plus du rhum et du Loup Blanc. Là, au milieu des napperons, du velours et des odeurs de bergamote, je respirais un peu. Le monde était propre, le temps s'arrêtait, la guerre était finie.

Megan, ivre, a ôté ses chaussures et posé un pied nu sur mes genoux sous la table. Ses orteils étaient ornés de bagues. Ce genre de spécimen étant rare, on a fêté ça dignement chez Henri. « Et je suis juste une femme, avec l'esprit d'un enfant, et tu es juste un homme, dans une cage, comme un animal.»[1] Elle s'est levée, m'a tiré vers elle et a craché, avec un accent comique, ces vers définitifs à mon oreille. Quand elle s'est collée contre moi, je suis tombée en arrière, son corps large et usé avait la puissance du feu. Puis elle a disparu. Après cette rencontre, j'ai plusieurs fois rêvé d'elle.

Un dimanche, le temps semblant pour une fois prometteur, Jean-Marc me proposa de rouler vers l'océan. L'océan me ferait du bien, dit-il, Henri nous rejoindrait plus tard. Il conduisait vite, mais je n'avais pas peur. J'avais descendu ma vitre et le vent gonflait nos chemises. Nous n'avions rien à nous dire. J'étais en short et je tenais d'une main, pour qu'elle ne s'envole pas, ma casquette de marin. Il fixait, du coin de l'œil, mes jambes nues. Quand nous arrivâmes à destination, en surplomb de la plage, il porta ma tête à son sexe. Je le pris entre mes lèvres, pourtant comme je sentis sa respiration accélérer, il m'arrêta fermement et, dans l'inconfort des sièges inclinés de la voiture, il s'appliqua, avec sa bouche, à me donner une sorte de plaisir que je connaissais, mais que j'avais toujours appréhendé, je le compris ce jour-là — on fuit souvent devant les évidences. Ses longs cheveux caressaient mes fesses, ses doigts entraient, sortaient, travaillaient mon ventre. Plus tard, sur quoi pleurai-je, en courant vers la mer ?

De temps en temps, il m'invitait chez lui, une unique grande pièce où nous ne parlions presque pas. La ligne de son épaule, sa chevelure qui y tombait me troublaient, alors nous nous caressions longuement. Nous nous rendions service, en quelque sorte. Après, je me posais dans un coin avec mon paquet de feuilles et j'écrivais. Cela l'amusait, tout ce fatras que je traînais avec moi. Il mettait de la musique, très bas, classique, les mots des chansons dérangeant mon attention, il l'avait compris. Une quiétude s'installait doucement, seulement contrariée par la véhémence des sentiments qui me traversaient sans répit et dont je devais me défaire sur la page. Je résistais, je ne capitulais pas. Jamais. Au bout d'un moment, il me

---

[1] « (...) and I'm just a woman with the mind of a child, and you're just a man in a cage like an animal. »

gratifiait à nouveau de ses caresses sans rien exiger en retour. Et puis, il est parti, sans prévenir Henri. Une fois que je devais passer le voir, punaisée à sa porte, une carte postale, muette, m'était destinée. L'Atlantique, à perte de vue.

Maintenant, je ne comptais plus ma vie en jours, en semaines ou en années ; je ne comptais plus du tout. Je vieillissais, je m'appliquais des crèmes ; des lignes apparaissaient sur un visage que je ne reconnaissais pas, quand, après des heures penchée sur mon texte, je levais les yeux, le croisant par surprise, défait, dans ce foutu miroir. « La recherche de la vérité est pénible » disait Saint Augustin, les assauts du temps, désarmants, mais mon cerveau était occupé ailleurs, il fallait récupérer des nuits de peu de sommeil, il fallait achever ce que j'avais commencé et leur montrer à tous : le cortège des honteux et des lâches, tout ce beau monde qui baisse la tête. Ils voulaient savoir. « Quel âge vous avez mademoiselle ? Ah ! Quand même... Vous ne les faites pas, vous savez ! »

Mais j'échapperai à la règle, je traverserai les années sans qu'elles ne me touchent.

L'été parfois, quand il faisait chaud, je m'assoupissais sous les étoiles, après avoir longuement scruté le ciel ; Véga, au-dessus, veillait. À l'aube, une bruine fraîche me poussait à regagner ma chambre pour quelques heures.

Il y eut d'autres hommes. Il fallait les voir : crâneurs, obséquieux, déboulant au café ou à mon travail, en quête d'une faveur. Je ne me sentais ni coupable ni honteuse, mais j'en eus vite assez. Je ne pouvais plus continuer à essayer de me trouver dans l'écriture et me perdre dans le réel. En dix ans, j'ai dû quitter la ville trois fois. Je me suis vue mourir ici, dans le jardin. Un matin, très tôt, je n'avais pas dormi ; allongée sur l'herbe, mon cœur s'est emballé. Ai-je eu peur ? Je n'en ai pas eu le temps. J'ai pensé : « C'est fini ? Toute cette souffrance… pour rien ? » Alors, j'ai cru percevoir, au-dessus de moi, l'air tiède d'une voix parlant à mon oreille, quelques mots que je n'ai pas compris. Je n'ai pas eu la force de me retourner. Quand aurait-on découvert mon corps ? Jamais personne ne me rendait visite.

Mes écrits avançaient. Je corrigeais, coupais, ajoutais, révisais mon texte sans relâche ; et puis il fallait recopier ce que j'avais peine à relire : les bouts de papier, écrits à la hâte, sur le coin d'une table ou sur mes genoux cagneux. Certains soirs, mon obstination me dégoûtait, la solitude et l'héroïsme ont des limites. Je rêvais de tout laisser en plan et de disparaître ; une belle âme aurait peut-être le courage de faire le tri dans les cinq cents pages tapées à la machine que j'avais accumulées avec le temps. D'autres avaient bien passé plus de dix ans sur un seul livre, sans l'achever. Mais, femme sans qualités, je continuais, stupidement opiniâtre. Quand j'ai dit à Henri que j'écrivais, il haussa les épaules et m'attira vers lui pour m'embrasser. Il aurait sauté, sans hésiter, du haut d'un pont pour me sauver de la noyade, mais la seule chose qui me maintenait en vie, il s'en moqua.

Par leur nature même, les compromis les plus bancals, les ajustements de fortune semblent éternels ; le destin n'ira pas nous chercher jusque dans un si médiocre arrangement avec la réalité, nous nous croyons, en quelque sorte, protégés par notre faiblesse, mais ce n'est pas le cas. Après Jean-Marc, Henri disparut également. Mon emploi se transforma en un mi-temps, faute de *fréquentation massive de l'espace culturel*. Je m'en accommodai et restai chez moi. Il y régnait un tel désordre (je ne suis méticuleuse que pour les choses de l'esprit) que je décidai d'engager une femme de ménage, même si l'idée que quelqu'un nettoie mes saletés me semblât avilissante. Odette vint le samedi, en fin de matinée, pendant plus de six mois, la bibliothèque n'ouvrait qu'à quatorze heures. Elle me tirait du lit, me préparant du café avec du pain frais. Alors qu'elle s'attelait à la tâche, je la suivais partout, parfois devançant son travail.

— Si vous faites tout à ma place Sylvia, je m'en vais !

J'aimais sa présence, sa chaleur ; une façon de se déplacer, de bien tenir sur ses jambes. Avant de partir, elle cuisinait pour le week-end. Une fois fini, nous traînions à discuter de tout, de rien. Je m'emportais, j'avais tant besoin de parler. Timidement, je lui lisais un peu des brouillons que je venais d'écrire. Cachant sa bouche avec sa main, comme lorsqu'on se surprend à partager un secret, elle m'avouait ne pas vraiment saisir de quoi il s'agissait.

— Je n'ai rien compris Sylvia, je suis bête ou quoi ? Et nous éclations de rire.

Elle me renvoyait ma confusion, le manque que je ne pouvais combler. Elle était gaie, vivante, et je prenais un peu de cette vie en moi, la vie du dehors. Sans s'en rendre compte, elle me donnait des forces. Et puis un samedi, elle n'est pas venue, et le samedi suivant non plus. J'essayai de l'appeler, je questionnai les voisins. Odette avait disparu, Odette n'était plus là. J'étais seule à nouveau.

À la bibliothèque, pendant le peu d'heures que j'y passais à présent, j'allais jusqu'à donner des conseils de lecture aux rares habitués. Peu étaient ceux qui les suivaient. J'ai compris avec le temps que la plupart des gens ne vous écoutent pas ; ils posent des questions et n'attendent pas les réponses, déjà ailleurs, distraits. Par quoi ? Ils traînaient dans les allées, et devant le spectacle qu'ils donnaient d'eux-mêmes, je me le demandais. Le ciment de ceux qui défilaient ici était l'indifférence ou la jalousie. J'en avais des exemples quotidiens, dans la mesquinerie dont j'étais victime ou témoin, écho des noires lectures qui m'aimantaient — la réalité dépassant largement la fiction. De mon poste d'observation, vue imprenable, ce que je voyais était bien plus cruel que dans les livres parfaitement alignés, sur les hautes étagères de bois clair. Les humains se déchiraient et quand ils voulaient, contrits, sans toutefois perdre la face, faire preuve d'un peu de compassion, celle-ci s'avérait si forcée qu'elle en disparaissait sous sa propre représentation. J'essayais donc de réduire à son minimum mon commerce avec autrui.

Mes goûts étaient sûrs, me rassurait-on, même si un peu *spéciaux*. C'était le mélange des genres qui surprenait ; j'imaginais des ponts entre des mondes que peu avaient envie de traverser. Ils avaient besoin de savoir où ils allaient, mais pour moi, les livres étaient des vaisseaux dans la brume, toujours sur le point de s'égarer, sans espoir de retour parfois. Je ne redoutais jamais l'ennui, la répétition, je ne craignais pas les détours. Prête à tout, je n'avais peur de rien quand je glissais entre les pages, comme on descend sous terre, avec un peu de lumière pour pouvoir remonter et raconter aux autres ce qu'on y a découvert. Je me disais que ce devait être merveilleux de s'abandonner ainsi à quelqu'un, mais comme l'a écrit Jean-Pierre Martinet, un écrivain que j'affectionne particulièrement : « J'ai observé les hommes et je n'ai rien vu. »

Ma décision est prise, je vais partir. En plus de la pluie, l'hiver est rude ici. Tout à l'heure, l'unique copie de mon manuscrit, que je traîne partout avec moi, est tombée sur le trottoir comme je sortais bien éméchée du Loup Blanc. « C'est moche une femme saoule » siffla un passant entre ses dents. Presque cinq cents feuilles volantes à ramasser, à genoux dans les flaques d'eau. En rentrant, je me déshabille et me réchauffe comme je peux devant la cheminée. Je pense, un moment, tendre plusieurs cordes à linge dans le salon, y faire sécher les pages, une par une. Mais je renonce, respire un grand coup et en poussant un cri que je n'aimerais entendre venant de quiconque, je balance le paquet dans les flammes.

Demain, je serai loin.

II

« Est-ce l'effet de l'original, est-ce le résultat de l'isolement de plus en plus grand dans lequel je vis ? Mais parfois, en regardant un homme, je me demande s'il est bien vrai que cela soit mon semblable. Et quand je m'interroge, que je cherche entre lui et moi les points de ressemblances possibles, je trouve entre nous une différence plus grande que si nous habitions deux planètes séparées. »

Gustave Flaubert, *Correspondance*

Je n'avais ni frère ni sœur et, toute jeune encore, ma maturité étonnait. On me laissait de longs après-midis seule, dans ma chambre vert d'eau et beige, où je dévorais des romans *pas de mon âge* qui traînaient là, et dont je ne comprenais pas l'intérêt. Des récurrences obsessives, préoccupations adultes sans doute, s'y exprimaient sans relâche. Trahison, duplicité, jalousie : une méchanceté sans fond semblait animer l'âme des hommes. Mais mes parents ne lisaient pas, ils avaient bien assez de leurs vies. La bibliothèque qu'ils s'étaient constituée était plus décorative qu'autre chose. Pourquoi alors, moi enfant, entrais-je dans les livres comme dans un temple ? J'avais « épuisé les réserves des libraires de la région » aboyait ma mère, plus irritée que fière. « Je ne comprends pas ce qu'elle a dans la peau », répétait-elle à qui voulait l'entendre et surtout à mon père, abruti de sa journée de travail, quand il rentrait. Ses mots résonnaient dans le vestibule, à peine avait-il franchi la porte.

— Qu'est-ce que ta fille a dans la peau, bon Dieu !

Sinon, à la maison, la plupart du temps on ne parlait pas ; en dînant, devant les informations, mon père ressassait chaque soir avec fierté que nous étions parmi les 20 % des Français qui possédaient la deuxième chaîne depuis fin 1964, deux ans après ma naissance. Les repas étaient mornes, vite expédiés, le téléviseur vrombissait, comme livré à lui-même, et personne n'y prêtait attention. « Une présence » soupirait ma mère. Alors, j'allais me coucher tôt. Après m'être glissée sous les draps, je restais un long moment comme ça, les yeux clos. J'essayais de m'abstraire des odeurs de cuisine, des voix sourdes de la *dramatique de la RTF* ou du feuilleton qui faisaient vibrer la porte de ma chambre. Les intonations me semblaient fausses à travers les cloisons, les expressions forcées, mais quand je me sentais partir dans le sommeil, une douceur m'envahissait, le bruit s'éloignait, j'étais bien. Enfin. Seulement le lendemain, tout recommençait. La fenêtre de la cuisine ouverte, été comme hiver, Europe Numéro 1 crachait des chansons à succès et les nouvelles du monde. Le pain était conservé dans un sac en plastique et le tremper dans du Nesquik à peine chaud le rendait spongieux, élastique. Mon père, la tête baissée, buvait son café, silencieux. En un geste machinal, ma mère replaçait un mamelon échappé de sa chemise de nuit, cela arrivait presque tous les jours. Il souriait timidement en lui jetant un coup d'œil et elle le fusillait du regard.

Je n'avais pas d'amies. Nous habitions un pavillon à plusieurs kilomètres de l'école, et tous les matins, ma mère, en soufflant bruyamment, m'y conduisait puis revenait me chercher l'après-midi. Les rares camarades de classe que j'aurais aimé inviter n'avaient pas de voiture (nous étions, dans ce domaine, privilégiés, mon père ayant une *bonne situation*) et « je ne suis pas le chauffeur de madame ! » me répondait-on quand j'insistais pour que je puisse enfin ne pas passer un dimanche après-midi seule. Je me souviens encore de mon ventre déchiré, le samedi, à cette perspective.

Je ne peux affirmer que je n'aimais pas ma mère ; il n'était pas concevable d'imaginer une chose pareille, pourtant la distance instaurée entre nous devint si naturelle que j'étais toujours surprise par un geste affectueux ou un mot tendre. Je me remémore parfaitement les sanglots que je retins, pendant tout un dîner, lorsque je m'aperçus, en en faisant l'inventaire rétrospectif, qu'ils m'étaient adressés uniquement lorsqu'il y avait du monde, en l'occurrence deux couples d'amis que mes parents invitaient fréquemment, et avec lesquels, libérée par l'alcool, la parole se déliait enfin. Ce soir-là, je retrouvai vite ma chambre, bien que leurs visites, apportant un peu d'animation dans nos habitudes et me dévoilant un autre monde que celui, confit, dans lequel nous vivions, me faisaient plaisir. Je me précipitai sur mon lit et versai ce qui me parut être toutes les larmes de mon corps. Eux continuaient de s'esclaffer ; ma mère particulièrement, riait sans pouvoir s'arrêter.

— Arrête, tu vas finir par pisser dans ta culotte ! dit Gilles, le meilleur ami de mon père, ce qui eut pour effet de redoubler l'hilarité collective. J'entendis ensuite un fracas de vaisselle s'écraser sur le carrelage.

— Voilà, tu es contente maintenant !

J'eus soudain une peine immense. Je l'imaginai à quatre pattes, ramassant les éclats de verre, un par un, sur le sol mouillé. Puis la conversation reprit, mais malgré quelques gloussements supplémentaires, elle tourna court. Le visage tuméfié, les yeux rougis, je pris à témoin le miroir au-dessus de la commode, me promettant de ne plus jamais pleurer. Les invités partis, je suivis les va-et-vient de mes parents avant qu'ils ne se couchent. Je savais que mon père, las, s'endormirait rapidement. Ma mère, elle, aurait du mal à trouver le sommeil. Je vis ainsi, au fil des ans, l'insomnie ravager sa peau, détruire son visage.

Je ne l'ai jamais trouvée jolie. Mince, blonde, les cheveux mi-longs, d'une taille plus grande que la moyenne, sa tête avait l'air posée en équilibre sur son corps, tant celui-ci paraissait animé d'une vie propre. J'ai hérité, sous certains angles, de la dureté de ses traits, de cette forte mâchoire et de ces joues creuses.

Dès les premiers beaux jours, elle s'habillait court, c'était la mode ; elle n'était pas frileuse, alors personne ne devait l'être, qu'on le veuille ou non, c'était comme ça. Le petit-déjeuner avalé, elle m'attendait en maugréant dans la Panhard grise, intérieur rouge (achetée d'occasion et remise à neuf entièrement par les soins de mon père qui y tenait énormément). Nous roulions vers l'école. J'observais ses jambes se déplier démesurément dans la voiture, ses cuisses frôler le skaï noir du siège avant. Elle ôtait ses chaussures pour conduire, ses pieds nus aux ongles longs qu'elle n'a jamais eu vernis, appuyaient brutalement sur l'accélérateur. J'étais fascinée par ce ballet qu'elle m'offrait, inlassablement, chaque matin et chaque soir.

— Regarde devant toi, Sylvia, tu vas avoir mal au cœur.

Autant le corps de ma mère paraissait vivant, énergique, autant son teint était gris, sa face terne. Je m'échappais de la voiture en sautillant (plus tard, ce fut une Simca 1000 bleu ciel), mais quand, après à peine quelques pas, je me retournais pour lui dire au revoir, elle était déjà loin.

Toujours en l'absence de mon père, les rares fois où elle nous rendait visite, sa sœur, avec qui on aurait presque pu la confondre, semblait être la version réussie d'une personne dont ma mère aurait été le brouillon. Tirée à quatre épingles, elle se tenait droite et regardait autour d'elle avec dépit, en dodelinant de la tête comme un oiseau. Ses mains étaient longues, pâles, et le bleu de ses veines, très apparent, me faisait peur. Elle n'entrait jamais, sans que, aux prises avec une nervosité qu'elle tentait en vain de refouler, elle n'ôte ses gants et ne les jette sur la petite table du salon. J'apercevais ses ongles, d'un vermillon étincelant, briller quand elle saisissait sa tasse pour y porter ses lèvres de couleur identique, en faisant une grimace.

— Ce thé est froid, Françoise.

Elle paraissait venir d'un autre monde. J'avais remarqué qu'une voiture attendait devant la porte, j'y distinguais une silhouette au volant. Avec ma mère, leurs échanges étaient glacials. Elles parlaient beaucoup de mes grands-parents, de leur maison, et il transpirait de leurs conversations un agacement, une rivalité, qu'enfant j'avais du mal à saisir. Je les observais, côte à côte, sur le canapé bleu. Le ton montait, puis s'engageait un combat silencieux. Elles s'observaient fixement, le fil invisible qui les reliait, prêt à se rompre à tout instant, et ma mère finissait par baisser les yeux, vaincue. J'aurais aimé qu'elles soient heureuses de se retrouver, qu'elles chahutent, se remémorent le passé en s'attrapant les bras, comme deux sœurs.

— Qu'est-ce qu'il y a toi, tu m'as jamais vue, tu veux ma photo ? s'écriait ma tante.

Elle ponctuait ses violentes saillies d'un rire sonore, comme si elle souhaitait nuancer ses paroles d'une distance, d'un humour qu'elles n'avaient pas, la vulgarité reprenant toujours le dessus. Je disparaissais alors pour aller faire mes devoirs, espérant ne jamais plus la revoir.

Ma mère n'était pas quelqu'un de tactile. Quand elle me tenait dans la rue, je craignais l'âpreté de ses mains, leur sécheresse. Il m'arrivait, bien sûr, de réclamer un baiser, mais avec les années, je me passais de ces effusions et autres marques d'affection qu'on portait à mes camarades aux portes de l'école. Dès que nous rentrions, après un goûter rapide, où elle attrapait une pomme et la croquait bruyamment en me regardant, sans expression, poser mes affaires sur la table de la cuisine, elle gagnait sa chambre, en chuchotant simplement : « Ne me dérange pas, j'ai à faire ». Les mots des adultes résonnent quelquefois comme des mystères plus grands qu'ils ne le sont véritablement. Pourtant la répétition, chaque soir, de cette situation finit par me faire peur, comme si ma mère allait un jour se volatiliser définitivement derrière la porte éternellement close de sa chambre, sombrer dans un grand trou. J'entendais les bruits d'un tiroir qu'on ouvre, d'une chaise qu'on déplace, et puis plus rien. Que faisait-elle pendant les trois heures qui nous séparaient du retour de mon père ?

C'était en avril, cela me revient, car il faisait anormalement chaud, je rentrai de l'école une heure plus tôt que prévu. J'avais attrapé l'autocar que ma mère refusait catégoriquement que je prenne seule, bien qu'il s'arrêtât à deux pas. J'ôtai mes sandales, grimpai l'escalier et je l'aperçus allongée sur le lit de sa chambre, porte grande ouverte. Elle était nue, les yeux fermés. Je restai un moment comme cela, devant ces seins, cette chair, entre ses jambes écartées, qui émergeait d'une touffe blonde — plus tard, je lus *Sombre printemps* d'Unica Zürn, elle y appelait cette chose *blessure*, et je regrettai de n'avoir pu, à l'époque, mettre ce mot sur ce que je vis. Je retenais mon souffle. Rien ne pouvait me distraire de ce corps inerte. Soudain, je paniquai et la crus morte, mais je remarquai vite les soubresauts de sa poitrine, au rythme d'une respiration épaisse. Je n'osai pas fermer la porte de peur de faire du bruit. Tentant de descendre à la cuisine pour reprendre mes esprits, en rebroussant chemin, je heurtai mon cartable par terre et tombai lourdement.

— Qui est là ?

Je ne reconnus pas sa voix, je l'avais arrachée du monde des rêves. Elle se leva d'un bond, grande, menaçante.

— Ah ! c'est toi.

Je dévalai l'escalier, et jamais nous n'évoquâmes cet incident. Cette nuit-là, ne parvenant pas à m'endormir, je repensai à cette béance, mon *origine*, offerte à mes yeux sur le couvre-lit à grosses fleurs bleues.

Ma chambre donnait sur le jardin de nos voisins. J'aimais me tenir derrière la vitre, épier leurs allées et venues. Je menais l'enquête, captivée, guettais patiemment, à l'affût du moindre événement. Qu'allait-il se passer ? À quelle heure reviendraient-ils ? Leur vie pourtant, paraissait aussi monotone et insignifiante que la mienne. Les enfants (trois filles) traînaient les pieds pour entrer dans la maison. Quand les rideaux n'étaient pas tirés, je pouvais suivre leurs mouvements dans le grand salon éclairé par un lustre ancien, qui distillait un halo jaunasse. Au fond de la pièce, un escalier — j'y voyais monter et descendre toute la famille, au pas de course. Parfois, je percevais des exclamations, je distinguais alors à l'étage, des silhouettes dans une chambre aux murs roses tyriens. Un jour, j'appelai ma mère pour lui dire comme cette couleur me plaisait, moi dont la chambre verdâtre n'avait pas été repeinte quand nous avions emménagé. Elle haussa les épaules.

*

Je me relis et me demande si, avec le temps, on farde le passé. Je ressens le besoin d'être exacte, mais en réalise l'impossibilité ; il faut, à n'importe quel prix, rendre acceptable ce qui fut insupportable. Ainsi, la description de ma solitude n'a rien d'exagérée, elle est même en deçà du vide poisseux que le souvenir de mon enfance ranime encore aujourd'hui. Mais comment ne pas essayer de l'atténuer un peu, de museler la colère et de ne pas paraître injustement cruelle ? Un jour sûrement, mais je ne m'en souviens pas, la vie fut bonne et légère. Sinon, où aurais-je trouvé la force de continuer ?

*

Nous croisions rarement les gens d'à côté, quand c'était le cas, « bonjour bonsoir », personne ne s'attardait. La plus grande des filles, Sylvie, était toujours souriante. Quand je l'apercevais courir pour grimper dans l'autocar (j'étais grande à présent, j'avais droit de le prendre), je me précipitais pour la rattraper et faire le voyage avec elle jusqu'à l'école, où à peine arrivée, elle s'évanouissait dans un des grands couloirs qui résonnaient de ses pas pressés. Son prénom, proche du mien, il n'y avait pas de hasard, me faisait croire à quelque énigmatique lien entre nous. Une fois, nous fûmes face à face pendant le trajet. Elle m'adressa la parole. La tête baissée, je n'osai pas répondre ; pourtant, quand cela se reproduisit, une semaine plus tard, je parlai la première, la questionnant sur ce qu'elle lisait. J'aimais son front barré d'une lourde frange, sa jupe portefeuille écossaise, ornée d'une grosse épingle à nourrice dorée, et son pull à col roulé jaune qui rehaussait sa bruneur. Elle devait avoir trois ou quatre ans de plus que moi, mais j'avais déjà lu depuis longtemps *Une étude en rouge* de Sir Arthur Conan Doyle, dont elle triturait la couverture de ses doigts aux ongles rongés. En échangeant quelques mots, je fus consternée par ce qu'elle m'en dit. Ainsi, d'un objet ou d'un livre, personne n'avait la même perception ? Étais-je seule à avoir tremblé pour Sherlock Holmes, Watson et Lucy ? N'étions-nous pas semblables ? Je la fixai avec mépris, à tel point qu'elle détourna la tête pour regarder la route. Tout ce qui était joli en elle avait disparu ; Sylvie ne m'intéressait plus, et ce que j'avais pris pour de la beauté n'était qu'un pauvre masque qui, une fois tombé, ne révélait que fadeur et bêtise.

Les dimanches, même si personne ne venait me rendre visite, étaient moins tristes que les autres jours. Mon père descendait chercher une bonne bouteille à la cave, et c'était un petit jeu entre nous, comme je l'accompagnais, le plus sérieusement du monde, il me demandait mon avis entre un Châteauneuf-du-Pape, un Morgon ou un Saint-Amour. Pour le nom, qui me faisait rêver, je désignais à chaque fois ce dernier, pourtant il y avait toujours une bonne raison pour qu'il en choisisse un autre, en riant — il fallut attendre mes trente ans pour que j'en découvre enfin le fruit. J'avais le droit, au dessert, de tremper quelques boudoirs, dans un de ces vins millésimés, coupé d'eau, ce qui ulcérait mon père. Une de ses extrémités parfois, trop ramollie, tombait dans mon verre et y flottait. Je récupérais le biscuit avec une petite cuillère, le goût du vin, plus prononcé, n'en était que meilleur. Ma mère, déjà un peu *partie*, supportait mal l'alcool ; je voulais que l'après-midi s'écoule paisiblement, à l'abri de son autoritarisme et de cette colère qui ne la quittait jamais. Je priais en silence pour que mon père s'abstienne de toute réflexion supplémentaire. Alors, elle s'endormait face au téléviseur vociférant variétés et résultats sportifs, et nous nous échappions, mon père et moi, pour nous promener dans le petit bois, de l'autre côté de la route. Bien qu'étaient rares les phrases échangées, perturbant faiblement les bruits de la nature et des voitures passants inlassablement, je sentais une paix provisoire s'installer, en serrant fermement la main paternelle. Du coin de l'œil, je le regardais marcher. Il semblait vieux et fatigué. La trace de sa barbe naissante assombrissait son visage d'une zone grise, de longues pattes poivre et sel mangeaient ses joues. Je me demandais à quoi il pensait. Était-il bien avec moi ou son esprit s'était-il échappé ? J'étais triste pour lui, j'aurais voulu trouver les gestes pour le réconforter, le moyen de le sortir de son accablement et des griffes de ma mère. À peine étions-nous rentrés, furieuse de notre absence, elle m'ordonnait de monter dans ma chambre « immédiatement ! ». Dans cette salopette en velours côtelé orange que j'avais réclamée à mes parents pendant des mois, je me plongeais jusqu'à l'heure du dîner, dans un de ces nombreux livres qui me faisaient oublier où et qui j'étais. Mon père, lui, s'informait, au journal télévisé, du bilan des accidents de la route du week-end ; nous y avions droit chaque dimanche soir.

Régulièrement la nuit, des intonations sourdes me réveillaient ; on parlait, faisait les cent pas dans la chambre de mes parents. La scène se déroulait selon un rituel établi par le temps : après une série de bruits mats que je n'arrivais pas à identifier, mon père, d'une voix faible et plaintive, bégayait :

— Mais... je suis un homme, Françoise, je suis un homme.

— Ah bon ? répondait ma mère. Montre-moi ça ! Alors le calme revenait rapidement.

Je me demandais ce qu'ils faisaient ensemble, s'ils ne partageaient rien d'autre que cette misère qu'ils étalaient constamment, comme s'ils avaient besoin d'un témoin pour vérifier et être certains que tout cela n'était pas qu'un mauvais rêve. Je pris l'habitude, ces nuits-là, de me lever pour ne plus les entendre se disputer. Je glissais dans le noir, mes pieds estimant prudemment chaque marche de l'escalier pour descendre jusqu'au salon et m'installer sur le canapé. Quand ma mère m'y rejoignait, réalisant que j'avais quitté mon lit — un bruit me trahissait toujours — je prétextais une brusque fièvre, un mal de cœur ou une envie d'aller aux toilettes

— Va vite te coucher Syl ! Allez, viens !

Quelle était l'ordonnance secrète à l'utilisation de mon prénom complet ou de son diminutif ? Je ne l'ai jamais su. Dans son pyjama trop grand, elle était presque comique et, comme si la lassitude était plus forte que ce constat que nous partagions de ne pouvoir communiquer, nous restions assises en silence, comme incapables de nous extraire du dépit que nous ressentions. Elle ne trouvait rien à me dire. Je distinguais à peine sa silhouette dans la pénombre ; une lueur émergeait de la cuisine et éclairait les gros motifs marron et prune du papier peint du couloir. Je me rapprochais un peu d'elle, collais ma jambe contre la sienne pour sentir sa chaleur. Elle ne faisait pas un geste, absente. Elle était là, les yeux rivés sur quelque point abstrait, au-delà des fenêtres, au-delà des routes, au-delà des villes qui cernaient notre maison et l'emprisonnaient. J'imaginais alors que nous étions devenues d'autres personnes ; l'obscurité, magiquement, nous avait transformées et elle me prenait dans ses bras pour me bercer, jusqu'à ce que je trouve enfin le sommeil.

Pourquoi m'en voulait-elle autant ?

Mes lectures posaient une distance entre le monde et moi, elles m'aidaient à accepter. Un espace infini s'offrait alors, les mots des livres venaient à mon secours et mystérieusement, semblaient toujours répondre aux questions qui me hantaient — tangibles comme la réalité, brumeux comme un rêve. Les certitudes, mais aussi la confusion qu'ils provoquaient en moi, me permettaient d'échapper à la routine de ma jeune existence et d'en sortir plus forte. Ainsi, quand je n'en pouvais plus, inlassablement, en de vertigineux après-midis à lire, je rejoignais les personnages d'une histoire que, contrairement à la mienne, j'avais choisie. Et la peur disparaissait. Les autres avaient-ils la même vie que moi ? Est-ce qu'être vivant, c'était cela ? Anéantie par le doute et l'intuition que rien n'irait jamais de soi, je supposais là une énigme que je me promettais de résoudre un jour.

*

Le samedi soir avant le dîner, dès que j'entendais les robinets couler, je savais que le moment était venu et je mettais tout en œuvre pour retarder ce que je redoutais le plus : l'heure du bain hebdomadaire. Je m'inventais une occupation de dernière minute, un devoir urgent ou un chapitre à finir, pour finalement, désemparée, traînée de force jusqu'à la baignoire, entrer dans l'eau qui n'était jamais assez chaude. J'y restais prostrée de longues minutes. On me laissait là, la porte entrouverte, dans les courants d'air, et je grelottais, en attendant que ma mère revienne. J'avais beau protester, rien n'y faisait. Quand elle arrivait enfin, elle me frottait vigoureusement, me tournant dans tous les sens, me demandant de me lever, de m'asseoir, de me lever à nouveau et surtout de me tenir tranquille.

— Tiens-toi un peu tranquille, chérie !

Attention, ne pas se méprendre, ce *chérie* n'avait rien de tendre, il était l'annonce qu'était venu l'instant de laver ces longs cheveux que j'avais en horreur, ma mère n'employant ce terme affectueux qu'à cette seule occasion. Le shampoing gluant, froid, glissait sur ma tête ; elle massait et massait encore mon cuir chevelu en vantant mes mérites capillaires, elle « aux cheveux si fins » ressassait-elle à chaque fois. L'aménité et la douceur de ses gestes dans ces moments-là me mettaient hors de moi. L'eau mousseuse et sale me dégoûtait — les petites particules qui flottaient à sa surface, le bout de mes doigts flétri d'être resté trop longtemps à y tremper. J'aurais tout donné pour me glisser dans une grande serviette moelleuse et tiède, mais il fallait s'occuper de cette tignasse, seule fierté de la famille. Enveloppée dans le peignoir rêche offert par ma tante, la chaleur brûlante du séchoir me faisait peur, ma mère le pointait trop près de mon crâne. J'imaginais que traversant celui-ci, elle allait finir par y faire un trou, atteindre mon cerveau et le griller comme un poulet. Je hurlais et éclatais en sanglots, expulsant d'un seul coup l'angoisse et la tension accumulées dès le début de l'atroce cérémonie. C'est alors, en général, que mon père surgissait pour me calmer.

— Ah ! ça y est, c'est le bureau des pleurs maintenant !

Comme pour s'exonérer de ces mots injustes, qu'il proférait chaque semaine, il en rajoutait sur la beauté de ma chevelure, indéniable attribut de ma féminité à venir, et nous passions à table. Je restais silencieuse et, même si j'avais droit *exceptionnellement* à la télévision, je m'éclipsais vite pour aller lire.

Régulièrement, les invocations énervées d'un commentateur, au bord de l'évanouissement, distrayaient mes lectures ; mes parents n'ayant manqué pour rien au monde le match de catch que la première chaîne programmait vers dix heures. L'Ange Blanc allait-il triompher une fois de plus ? Ma mère y tenait beaucoup en tout cas. Un soir, je les rejoignis, incapable de continuer mon livre à cause de leurs hurlements scandalisés.

— C'est truqué, soupirait mon père, c'est truqué, je te dis.

J'eus alors un sentiment dont, encore aujourd'hui, je ne suis pas fière. Leur bêtise me sauta au visage. Je sentis les limites de leurs regards et de leurs cœurs. Je me vis, assise entre eux deux, passive et atterrée, et c'était comme *mourir à cette famille*. Je comprenais enfin, le monde des adultes était comme un de ces combats dont on connaît l'issue, perdus d'avance pour certains, gagnés malhonnêtement pour d'autres. Les coups portés ne faisaient pas mal, regretta ma mère, en éteignant le poste. Je me dis, regagnant ma chambre, qu'elle ne savait vraiment pas de quoi elle parlait, et retrouvai mon unique peluche, l'ours rouge qui partageait mon lit. Il me prodiguait, lui, la tendresse dont j'avais besoin.

Ce matin-là, il y a glissée sous la porte, une enveloppe à mon nom. Je la relis cent fois. M'est-elle bien adressée ? Mon père, nous sommes samedi, est en train de repeindre un placard et poser du Vénilia dans un coin du salon. À la radio, un chanteur s'époumone, en vain, personne ne l'écoute. C'est un carton pour une surprise-partie organisée à trois heures, par Ariane, la fille que je rêve d'inviter à la maison depuis deux ans. Dans la cuisine, la fenêtre grande ouverte, ma mère repasse, pieds nus, les yeux dans le vague. Elle pose la pattemouille sur le chemisier, passe le fer sur chaque manche, recommence. Je ne me lasse pas de l'observer lisser le tissu, tourner délicatement autour de chaque bouton. Elle s'insurge en apprenant la nouvelle et prétexte des achats en ma présence impérative (je suis une fille, j'aime faire les courses, c'est une loi de la nature). Finalement, elle me rejoint dans ma chambre, comme toujours parfaitement rangée, le comble de sa détestation, car elle ne peut y exercer son pouvoir qu'au prix d'une énergie harassante ; tenter de découvrir une tache sur la moquette immaculée, un bas de pyjama qui dépasse sous mon oreiller, un cahier posé de travers. Cette fois pourtant, elle abdique, renonçant à son inlassable despotisme, et dubitatives, nous cherchons dans ma pauvre penderie ce que je vais me mettre sur le dos.

Il fait beau, nous sommes en mai, deux grandes tables sont installées dans le jardin d'Ariane qui me saute au cou quand j'apparais. Elle a une grosse casquette sur la tête, tourne sur elle-même et m'embrasse en susurrant à mon oreille *I'm not in love* que distillent deux gros baffles posés sur l'herbe. Je suis en apesanteur, enveloppée par le son cotonneux et ces voix qui me disent bonjour en souriant, s'étonnant avec joie semble-t-il, que je sois là. On me colle une assiette dans les mains. Je m'assois dans un coin. Des couples de filles dansent — les garçons ne sont pas arrivés. Mon père s'éloigne en me faisant un petit signe ; ma mère, restée dans la voiture, klaxonne depuis un bon moment. Ils reviendront me chercher deux heures après, la fête bat son plein, mais je ne suis pas triste. Quand la voiture démarre, je colle mon nez dehors et sors mon bras pour sentir la fraîcheur et la résistance du vent.

Nous prenions nos vacances en août. Petite, ma mère l'a assez répété, des regrets dans la voix, nous allions à Guétary, Saint-Jean-de-Luz ou sur la Côte d'Azur. Sainte-Maxime, Menton, Saint-Raphaël... Le temps où mon père gagnait encore bien sa vie, le temps des virées en voiture jusqu'à Juan-les-Pins, avec Gilles et les autres. On me laissait alors toute la journée chez une voisine, dans des odeurs d'ail et de viande ; j'étais sage, paraît-il. Un chapeau sur la tête, essayant de trouver un coin d'ombre, je n'adressais jamais la parole au petit garçon de la maison. Le seul souvenir que j'en ai est cette torpeur des débuts d'après-midi, cette sieste que tout le monde faisait, de gré ou de force, et ces relents de cuisine écœurants. On m'y récupérait le soir, comme un paquet.

La semaine précédant le grand départ était pure exaltation ; on me laissait un peu tranquille, il y avait trop à faire. Depuis mes sept ans, la destination ne changeait pas : un petit appartement en Espagne, face à la plage. J'avais le droit d'y descendre seule, il n'y avait que la rue à traverser. J'adorais me baigner avant le petit-déjeuner. La mer était rarement agitée, le temps inévitablement beau. Ces instants m'étaient précieux ; je flottais dans l'eau déjà réchauffée par les premières chaleurs, j'observais les couples et leurs enfants en quête des meilleures places. Chaque année, je voyais mon corps se transformer un peu plus, comme une entité étrangère sur laquelle je n'avais aucun contrôle. Qui m'avait donné ces jambes-là, ces fesses, ce ventre ? Il était impossible d'en douter, le nez de mon père ou la minceur de ma mère dont je ne me suis jamais débarrassée, était l'irréfutable preuve de notre lien. J'étais bien leur fille, Sylvia, comme l'actrice Sylva Koscina qu'ils avaient admirée dans *Michel Strogoff*, une super production avec l'acteur allemand Curd Jürgens, dont ma mère prononçait le nom en tremblant (« Quel bel homme ! »). Ils avaient ajouté un « i » à Sylva — pour que je me tienne droite sans doute.

Ils hésitèrent, me racontèrent-ils un jour de confidences, avec Véra, impressionnés par Véra Clouzot, actrice et femme du réalisateur des *Diaboliques*, qu'ils virent deux fois de suite, dans un cinéma permanent Place de Clichy, et qui scella l'année de leur rencontre : 1955. Ils avaient vingt ans. À bien y réfléchir pourtant, j'aurais préféré venir de nulle part, n'avoir le visage de personne, ne pas traîner derrière moi ce legs encombrant. Ma poitrine me plaisait pour cette raison, elle ne devait rien à celle de ma mère, inexistante, et deviendrait avec le temps, cette *chose* qu'ils adoreraient tous.

La dernière année de nos vacances, lors de mon rituel matinal, j'omettais de prendre le haut de mon maillot et ôtais fièrement mon T-shirt pour aller nager. Je m'appartenais enfin tout entière. Allongée sur les cailloux, je me laissais caresser par le ressac et les regards en coin, le *topless* étant formellement interdit en Espagne. Cette hardiesse et cette indépendance soudaine me tournaient la tête. Me sentant tout à coup libre, j'imaginais que rien ne m'était impossible. Une autre vie s'offrait, je n'avais qu'à saisir cette occasion qui m'était donnée d'échapper à mes parents et me sauver : *se soustraire à un danger grave, garder intact quelque chose,* le Larousse avait raison, il fallait fuir, ne pas se retourner, préserver ce qui m'était le plus précieux. Mais, comme si un sentiment devait simultanément générer son opposé, l'idée de soudain n'être plus la fille de personne me terrifiait. J'imaginais mille scénarios où je finissais invariablement seule, amnésique, encore plus misérable que je ne l'étais à présent, sur le bord d'une route, ou dans le meilleur des cas, recueillie par une de ces familles nombreuses qu'on croisait sur la plage.

Les journées se suivaient et se ressemblaient toutes. Il faisait très chaud, mais cette fournaise lénifiante était comme une trêve. Les plaintes, les réprobations avaient laissé la place à une douce indifférence et une relative liberté. Ma mère, étendue sur sa serviette, ne faisait rien. Je cherchais des yeux un groupe d'enfants avec qui jouer ou je parcourais des magazines, c'était le seul moment dans l'année où j'en avais le droit. Après déjeuner, avant d'aller à l'eau, il fallait attendre au moins deux heures, pour une bonne digestion — on racontait que des gens s'étaient noyés en cherchant à atteindre le ponton où des filles et des garçons passaient leurs après-midis à rire et à crier. Mon père, lui, marchait de long en large, les bras croisés derrière le dos, ou nageait péniblement, tellement près du bord, qu'il finissait invariablement par faire des brasses, allongé sur le sable. Parfois, j'attrapais la main de ma mère pour qu'elle vienne se baigner, mais la résistance butée qu'elle opposait à mon souhait me rendait triste pour l'après-midi. « Laisse-la, elle a ses *trucs*, elle ne peut pas ! » Je ne comprenais pas de quoi parlait mon père, et l'injonction de me taire était l'unique réponse à mes interrogations. Plus tard, moi aussi, j'aurais mes *trucs*, et pour la première fois, quelques semaines avant qu'il ne meure brûlé vif, et qu'il ne reste de lui qu'une forme d'homme, un squelette calciné. En retard, me fera-t-on remarquer, sans plus d'explication pour le sang sur les draps et une douleur que je ne pouvais pas imaginer. *Cette chose qui arrive ne m'appartient pas*, me disais-je, tentant de tenir à distance le travail que mon corps faisait et ferait, sans mon consentement, chaque mois, comme une punition.

*

Je suis étonnée de constater comme les choses du passé nous restent en grossiers bouquets formés par les années et laissent peu d'espace à un détail ou à un autre, faisant tache ou ne convenant pas à l'ensemble — comme si la mémoire ne remplissait jamais son rôle de fidèle enregistreur du réel, ou plutôt qu'elle le censurait en en réajustant sans cesse les formes, au gré de ses nécessités. Ainsi me sont revenus les événements d'un de ces étés en Espagne :

J'avais à peine treize ans, les photographes de très jeunes filles triomphaient, et l'ébauche de mes seins commençait à attirer l'attention. À l'époque, jusqu'à un certain âge, nous n'avions pas droit au bikini, c'était soit l'austère *une pièce*, soit le simple maillot ou *slip de bain* comme les garçons. C'est ce que je portais ce jour-là.

Nous étions, avec mes parents, tous les trois au bord d'une eau claire et chaude, la traditionnelle question que tout le monde pose avant de tremper un orteil, « elle est bonne aujourd'hui ? » nous étant épargnée ; la Méditerranée était toujours bonne. J'ai senti des yeux sur moi. Comme je tournai la tête, un homme à ma droite baissa brusquement le regard. Mais quelques minutes après, comme nous hésitions à aller nager, la chaleur étant devenue presque écœurante, il est passé plusieurs fois devant nous, pour finalement, alors que nous nous étions enfin décidés, se poster à côté de ma mère et engager la conversation. Il était quelconque, trop bronzé, gesticulait en désignant du doigt l'horizon. Il ne me quittait pas des yeux. J'allais, venais, et il finit par me fixer de manière presque gênante quand je la rejoignis. Elle nous présenta. Il s'appelait Jérôme et je l'ai tout de suite détesté. Inhabituellement prévenante, ma mère me prit par l'épaule d'un air attendri, vantant ma précocité intellectuelle et ce qu'elle abhorrait ordinairement : mon goût pour les *belles choses*, mon intérêt pour les livres. Elle se tenait, pour une fois, bien droite, prenait des poses destinées, je le devinais, à plaire à Jérôme, œil rivé sur mon ventre nu et ma poitrine naissante. Mon père vint nous retrouver, trempé et souriant, ils échangèrent des banalités. Côte à côte, ils étaient si différents. Ma mère, elle, s'était éloignée d'un pas, distraite à présent, n'étant plus le centre de la conversation. Le visage rouge, émacié, défait, j'ai trouvé qu'elle ressemblait à un grand oiseau déplumé, les os saillants, le bec bavard soudain cloué. Le soir pourtant, presque gaiement, elle proposa que nous allions dîner quelque part. Nous marchions en silence dans la douceur suffocante dont le souffle était palpable, comme une étoffe balayant nos visages. Un début de nuit nous faisait du bien, calmant nos peaux repues de trop de lumière et de soleil. J'eus alors, je m'en souviens vivement, un pressentiment : nous étions là, ensemble, pour la dernière fois. Au retour, un peu à l'écart, ma mère chantonnait, et en rentrant, assommés et moites, nous nous couchâmes. J'essayai de lire un peu. La chaleur était oppressante, et le transistor, débitant les *hits* espagnols du moment dans la chambre de mes parents, ne cessa de distraire mon attention. Rien n'y faisait, le seul filet d'air que je sentais glisser sur moi était tiède, lancinant. De grosses mouches couraient le long des murs près de mon lit, se posaient sur mon visage, les moustiques attaquaient. Dans un appartement de l'immeuble en face, un homme en slip blanc, dans le cadre d'une fenêtre, fumait une cigarette, allongé sur un canapé. Je repense à lui parfois, à son apparente quiétude, dans la touffeur pesante. Qu'attendait-il, enveloppé de cette lourde nuit dont je me plaisais à imaginer les secrets ? Encore aujourd'hui, je ne m'endors jamais avant trois heures du matin, essayant de retrouver cette sensation d'un monde qui ne s'offre pas facilement et qu'il faut aller chercher, pour le découvrir, là où il se trouve, dans les tissus de l'obscurité.

Le lendemain, Jérôme s'assit près de nous sur la plage, il évoqua la dureté de son travail, montra ses mains calleuses à ma mère qui en apprécia la rugosité du bout des doigts. Mon père, à côté, lisait le journal. Il faisait gris, j'étais en short, pull marin, et Jérôme ne cessait de me détailler.

J'allai me promener jusqu'aux rochers. Je slalomai entre les poses alanguies, les jeux des enfants, les ventres et les dos. Une fille passa devant moi, une seconde à peine, son profil et l'éclat de ses dents se découpèrent sur l'azur, je la suivis des yeux, et s'en apercevant, elle me sourit. Qui était cette femme, à l'épiderme si brun de soleil, que ses formes en avaient presque disparu ? On ne distinguait presque plus les traits de son visage ; elle s'appliquait l'huile d'une petite bouteille sans étiquette.

J'aimais les odeurs mélangées, le son de la plage, des conversations et des rires en écho. Si l'on y prêtait suffisamment attention, cela tissait une toile sonore dont on pouvait, quand on savait en distinguer les nuances, deviner le rythme régulier et l'harmonie accidentelle, uniquement divertis par un cri trop aigu ou la proximité du timbre d'un adulte. Et puis il y avait cette intimité soudainement exposée, l'indécence de certains, la variété, la maladresse des corps, les peaux marquées ; ce que l'on acceptait de montrer là et pas ailleurs. J'étais fascinée.

Quand je revins, j'appris que ma mère était partie chercher des langoustes avec Jérôme pour le déjeuner, je décidai de rentrer pour les attendre. En pénétrant dans le salon, je vis tout de suite au fond du long couloir, ma mère de dos, à genoux. Quelque chose m'empêcha de prononcer un mot, d'annoncer mon arrivée ; je restai là, interdite, ne sachant que faire.

— À ton tour, maintenant !

Jérôme avait parlé, et l'autorité de son intonation me frappa. Je vis ma mère à moitié disparaître au bord du lit. Il lui enleva son maillot qu'il jeta sur le sol et disposa sa tête entre ses jambes, qu'elle mit sur ses épaules. Je remarquai soudain les battements de mon cœur, j'eus presque peur qu'ils ne les entendent de là où ils étaient, tellement ils résonnaient fort. Bientôt, elle commença à gémir. Comment imaginer un tel son sortir de sa bouche ? Elle paraissait souffrir ; la seconde d'après, soupirait, comme délivrée de quelque poids, apaisée. Je ne sais pas ce qui me prit alors, je décidai de m'approcher. J'avais parfaitement conscience qu'il ne me fallait faire aucun bruit, j'avançai prudemment, imaginant le pire si, par malheur, j'éveillais leur attention. La frayeur que je ressentais à cette idée suscitait en moi une émotion que je n'avais jamais éprouvée jusque-là. Le petit garçon de la voisine se mit à hurler, la voix d'un homme s'éleva pour le réprimander. Ils ne réagirent pas. Arrivée au coin du couloir, je m'arrêtai. De là, je pourrais mieux les distinguer. S'agita un moment une paire de fesses et de hanches enserrées de mollets croisés. J'essayai de distinguer quelque chose dans l'ombre des peaux, leurs cuisses se cognaient l'une à l'autre, mais cela dura peu de temps avant qu'il ne pousse un cri, suivi de plusieurs grognements. Quand il se mit debout, j'aperçus un morceau de chair luisant, et bientôt il sombra sur le lit. Je ne vis plus que quatre pieds. Le souvenir que j'ai de ces bouts de corps est brouillé, confus, comme si dans l'irrépressible pulsion de voir, que je n'avais pu contrôler, la stupeur, la fascination de ce que je découvris avaient altéré ma mémoire, et en partie censuré ou effacé ces images. Sur le sable, mon père assoupi, ma mère nous rejoignit vite. Jérôme s'était soudain souvenu d'un rendez-vous urgent, à quinze kilomètres de là, nous dit-elle, il ne déjeunerait pas avec nous. Je l'observai, épiai ses gestes, essayant de déceler un indice, une preuve de ce qui venait de se produire, presque dans l'espoir qu'elle se trahisse, mais son visage resta sans expression. À peine avoua-t-elle, d'un air dégagé, qu'elle avait un peu faim.

Nous rencontrâmes Jérôme par hasard, en ville, la veille de notre départ. Il était au bras d'une petite femme corpulente, au teint sombre et cuivré. Elle portait une robe blanche, tenait ses espadrilles à la main, une serviette autour du cou et riait avec lui. Ma mère baissa la tête, mon père le salua. C'est l'ultime tableau qui me reste de ces dernières vacances avec mes parents : elle et lui, se tenant par le cou, s'éloignant dans une ruelle menant vers le port ; nous, rentrant vite à l'appartement préparer nos valises.

*

Tout cela demande un effort immense. Raconter. Ne rien laisser de côté. Je sais que jamais je n'y parviendrai vraiment, mais j'essaie encore. Je ressens presque une impossibilité physique à retourner en arrière — la pensée, douloureuse, s'arrête, bute, refuse d'aller plus loin, plus bas, à l'endroit exact de la meurtrissure, là où quelque chose ne cesse de mourir. Je ne me sens pas différente de la petite fille d'alors, rien n'a changé ; je me souviens si mal de tout ce que j'ai traversé. Je suis là, à traquer le moindre signe, à chercher des excuses, à vouloir recomposer l'histoire après m'être évertuée à l'oublier. J'aurais voulu fuir, le matin, quand tout le monde dort. M'aurait-on couru après, à travers la campagne ? Aurait-on lancé des chiens à ma poursuite dans les champs alentour ? Comme cette fin d'après-midi à la plage, désertée à cette heure, où ce chien immense, un berger allemand, courut après moi sur cinquante mètres, peut-être plus. J'étais si petite, et j'eus si peur. Épuisée, vaincue, je m'arrêtai enfin. L'odeur ferreuse de son poil, là tout près, dans mon dos ; les claquements de sa langue, son souffle. Nos regards se croisèrent, trop longtemps. Je me suis imaginée dépecée, le ventre bouffé, les yeux arrachés. Une femme accourut, le chassa à coups de pied dans le vide. Je sanglotai, sans un bruit. Elle m'a prise dans ses bras. J'ai posé ma joue sur son épaule chaude, qui exhalait le soleil de six heures, j'étais bien. Le soulagement, après une émotion si forte, décuplait mes perceptions. Pourquoi ma mère ne me prenait-elle jamais ainsi contre elle ? Pourquoi ne posait-elle pas sa main sur mon front quand la fièvre, bien souvent, montait jusqu'à plus de quarante ? La vie était donc ce caprice sans cesse renouvelé, nous précipitant avec violence, de l'effroi à la tendresse ? La femme murmura, à peine audible, quelque chose que je n'ai pas compris. Et puis, j'ai reconnu la voix de mes parents qui arrivaient et nous nous sommes éloignés au son de leurs remontrances.

Je n'ai vu ma mère pleurer qu'une seule fois. J'étais en retard sur mes devoirs ; j'avais mal au ventre, comme toujours dès que j'étais contrariée, à m'en plier en deux, et la douleur, ce soir-là, était tenace. Je voulais lui parler, qu'elle me rassure, même si je savais ce qu'elle me dirait en m'envoyant chercher à la cuisine un de ces sachets amers à l'artichaut, pour me calmer. Alors, comme je ne m'y résignai pas, je me précipitai de ma chambre à la sienne sur une impulsion que je ne pus contrôler ; il fallait que je sois près d'elle. Elle était assise au bord du lit, penchée, la tête dans ses mains qu'elle releva, à peine étais-je entrée. Son visage était boursouflé de larmes, couvert de grosses plaques rouges. Elle n'a rien dit. Je me suis faufilée près d'elle, du côté de sa table de nuit ; le tiroir en était entrouvert avec à l'intérieur des photos en désordre. Sans réfléchir, j'ai tendu la main pour en attraper une. Plus rapide que moi, elle s'est précipitée pour le fermer.

— Ne touche pas à ça !

Son geste fut bref et violent, je suis restée un instant sans comprendre. Je l'ai prise par la taille. Elle n'essaya pas de se dégager comme elle le faisait quand je m'approchais d'elle pour la toucher. L'odeur d'une mère. Elle ne portait jamais de parfum, sa peau exhalait une âcreté que j'avais fini par oublier, avec l'habitude. Elle se mit à pleurer et je reconnaissais ces larmes, c'était les miennes. Abondantes, irrépressibles, le chagrin qui n'en finit plus de sortir, un chagrin d'enfant, inconsolable et vain — le désespoir qu'elle m'avait transmis.

Quand mon père est mort brutalement, c'est comme si plus rien ne la retenait. Après les démarches et les cérémonies d'usage, elle est partie. Un après-midi, j'ai jeté mon vélo par terre devant la maison, comme je le faisais tous les jours en rentrant du lycée, et elle n'était plus là. Un mot, visiblement écrit à la hâte, était posé sur la cheminée. C'était comme si tout m'avait préparé à cela.

J'ai parcouru avec un haut-le-cœur la lettre truffée de fautes d'orthographe, et je suis montée machinalement ranger mes affaires. À l'étage, les fenêtres et les portes étaient ouvertes. Je suis entrée dans sa chambre pour y chercher un indice, quelque chose, mais il n'y avait plus rien, elle avait tout emporté. Pourtant, au moment de quitter la pièce, j'aperçus quelque chose par terre. C'était une photographie de mes parents. Ma mère, le visage anormalement rond, tenait par le cou mon père. Ils fixaient l'objectif avec un sourire un peu niais. Au dos, était inscrit : Michel et Françoise, 1960. En redescendant, pour aller me chercher à boire ; ma bouche était sèche, j'avais peine à respirer. Je me suis assise sur une des dernières marches de l'escalier, et me suis demandé ce qui allait se passer maintenant. Qu'allais-je devenir ? Le lendemain du départ de ma mère, sur ordre avisé du médecin de famille et sous la pression de ma tante que j'avais immédiatement avertie, on m'emmena pour *surmenage* et *troubles des conduites* dans un *home expérimental pour adolescents à problèmes,* qui venait d'ouvrir, il y avait quelques mois à peine. J'y restai trois ans.

III

« À quoi se réduit désormais l'examen de la condition de l'homme si ce n'est à l'énumération, stoïque ou terrifiée, de ses pertes ? »

Cristina Campo, *Les Impardonnables*

« Pour tout et pour tous la même chose ; le même sort au juste et à l'impie, au bon et au méchant, à l'homme honnête et à l'homme malhonnête, à celui qui fait des sacrifices et à celui qui n'en fait pas (...) Ce qui est mauvais en tout ce qui se fait sous le soleil, c'est qu'il n'y a qu'un sort pour tous et le cœur des fils des hommes est plein de méchanceté (...) Après quoi ils s'en vont chez les morts. Pour celui qui se trouve parmi les vivants, il y a encore de l'espoir ; de même qu'un chien vivant est plus heureux qu'un lion mort. Les vivants savent qu'ils mourront et les morts ne savent rien (…) »

Ecclésiaste 1, *Ancien Testament*

La vie que j'avais menée jusque-là avec mes parents m'aida à supporter le quotidien des années qui suivirent. La monotonie ne me faisait pas peur ; la grisaille des jours, les uns derrière les autres, la solitude d'une chambre. Finalement, je vivais presque cela avec exaltation, j'étais libre. La bibliothèque était pleine d'auteurs que je ne connaissais pas, et quand j'avais un désir particulier de livres, mes grands-parents me les apportaient. Je n'étais pas proche d'eux ; leur rendre visite trois fois par an était une « corvée », se plaignait ma mère, et ils ne se déplaçaient pas. Pourtant, ils sont venus me voir la première année. Je n'ai jamais su si c'est le sens du devoir familial qui leur faisait faire quatre cents kilomètres, aller-retour, ou le remords de ne pas s'être intéressés à moi auparavant. Qui sait, peut-être était-ce aussi le désir de comprendre ce qui avait bien pu passer par la tête de leur fille aînée ? Ce que je garderai d'eux sont ces moments où ils arrivaient, gênés, le regard fuyant. N'étais-je pas, après tout, dans une *maison de fous* comme leur expliqua ma tante ? Nous ne parlions pas beaucoup, mais leurs attentions me faisaient du bien, comme s'ils sentaient qu'il fallait m'empêcher de creuser un peu plus, le fossé déjà grand qui me séparait du reste du monde. Et puis, ils sont morts, l'un après l'autre, à quelques semaines d'intervalle. Ils n'étaient pas si vieux pourtant. Ils m'apportaient des fleurs, un *cake* aux raisins et aux pommes ; ma grand-mère savait que je l'adorais. Elle le faisait glisser avec précaution de son moule recouvert d'un torchon à carreaux rouges et blancs sur une grande assiette que j'allais chercher aux cuisines. Et chaque fois me venait l'envie de pleurer.

J'étais complètement seule à présent, ma réalité très précisément accordée à ce que j'éprouvais à l'intérieur ; pas de simulacre d'amour ou d'attention, peu d'espoir d'affection. Était-ce du moins ce que je ressentis les premiers temps où je poursuivis mes études par correspondance. Je les abandonnai ensuite définitivement, ma tante ne s'y opposa pas. Légalement, elle était responsable jusqu'à ma majorité et tout se réglait par téléphone avec les responsables. Je leur ai demandé plusieurs fois de m'avertir au cas où elle se manifesterait, ils ne l'ont pas fait.

Au début de mon séjour, je pensais constamment à ma mère. Comment qualifier ses actes ? Ils étaient au-delà de ce que j'étais capable de concevoir et d'accepter. Dans ces moments-là me venait la tentation de beugler ; d'invectiver la terre et ses forces invisibles. Je pris goût à cette violence, tournée vers elle, autant que vers moi-même. Que s'était-il passé ? Était-ce parce que ma tante était ma seule parente à présent qu'elle prenait tout en charge ? Elle ne m'avait jamais aimée ni considérée, je m'interrogeais sur sa relation avec mon père et me revenaient des détails, des bribes de la petite enfance. Je rêvais souvent de Gilles, son meilleur ami. Une fois, il était au volant de la voiture familiale, caressant les genoux de ma mère, assise à côté de lui. Ils partaient tous les deux, hilares, désinvoltes, sous un soleil tapageur, et elle sortait sa main par la vitre en l'agitant, sans même prendre la peine de se retourner pour nous regarder en s'éloignant. Je me souvins aussi d'un soir de réveillon, mon père et ma tante étaient dans la cuisine et parlaient à voix basse ; il se passait quelque chose, je le sentais. Je devais avoir six ou sept ans, je circulais d'une pièce à l'autre en chantant à tue-tête, et leur conversation cessait dès qu'ils m'apercevaient. J'adorais Noël, je ne me lassais pas de nos voyages à Paris, des courses que nous devions faire. Je courais, exaltée, dans les rayons des supermarchés, mondes parfaits d'abondance et de couleurs (je n'avais jamais goûté d'avocat, de noix de coco ou de mangue), et comme je remplissais le caddie de ces provisions rares, ma mère, consciencieusement, les remettait à leur place. Étaient-ce la naissance du Christ, l'éclat chaud des lumières sur la ville, l'odeur du feu, des marrons aux portes des grands magasins ou l'électricité qui semblait aimanter ces femmes et ces hommes sur les boulevards ? J'étais heureuse. Le cœur du monde battait comme le mien. Je pressentais pourtant confusément, assaillie par de brusques tristesses et peu habituée aux célébrations, que ma vie serait ce mélange inaliénable d'allégresse éphémère et de frustration.

À mon arrivée aux Écureuils (c'était le nom de l'endroit où l'on m'envoya), mes parents étaient si présents à mon esprit que j'étais incapable de réfléchir rationnellement à ma situation. Après les obsèques de mon père, nous étions allés sur les lieux de l'incendie où ils avaient tous péri. Il ne restait presque plus rien des corps et de l'immeuble ; que des morceaux de toit, de fenêtres, des carcasses de bureaux et des trous béants qui donnaient sur des murs calcinés. J'avais insisté pour accompagner ma mère. Une fois arrivées, elle m'a demandé de l'attendre dans la voiture et est allée parler à quelqu'un qui était là, au pied de ce qui persistait de la catastrophe. J'ai reconnu un collègue de mon père, j'essayai de lire sur leurs lèvres, de comprendre ce qu'ils se disaient. Il faisait froid. Jambes nues, comme toujours, elle a posé son bras sur l'épaule de l'homme. J'ai constaté sa maigreur. À travers la vitre de la portière, dont la découpe formait comme un écran, je ne réalisai pas que c'était une des dernières fois que je la voyais. Quelques jours après, elle s'était envolée.

Je n'avais que seize ans, on essayait de m'aider, George et Anne-Marie particulièrement, les deux responsables que je voyais régulièrement. Mais la parole faillait, là où des émotions trop vives finissaient par prendre le dessus ; l'état d'extrême abandon dans lequel je me sentais, irrationnel, insoutenable, empêchait toute communication avec l'extérieur. C'est grâce aux livres que je restais vivante.

Et puis également une sensation, un dérèglement, de plus en plus fréquemment, me traversaient sans jamais s'annoncer... *soudain, « on » entrait en moi... en effraction... secousses sèches et électriques... mes gestes devenaient amples, fluides ; des mots s'imposaient, sans passer par la conscience... je parlais, sans mesurer le sens ni la portée de ce que je disais... les autres voyaient Sylvia, là, en face d'eux, subitement transfigurée... que m'arrivait-*

il ? Physiquement, au début, rien de particulier : tête légère, répétitions de petits vertiges... mais soudain, tirée par les épaules, je m'élevais, je devenais fétu de lumière, pensées fulgurantes et précises... autour, ils épiaient les modulations de cette brusque transformation... inintelligible, d'une tournure grammaticale inusuelle, je ne comprenais pas ce que je proférais, affirmative et solennelle, n'étant que témoin du son de ma propre voix... une « présence » colonisait mon cerveau, mon être entier... j'étais soulevée, comme portée par une urgence et une lucidité d'une acuité inquiétante... j'eus tellement peur que je suppliai les autres (je crois qu'ils eurent peur eux aussi) de n'en parler à personne, espérant que cela ne se reproduirait jamais. Le soir même, me remémorant ce qui s'était passé, avec un calme qui me surprit, je réalisai pourtant que cette expérience ne m'était pas étrangère. J'avais déjà vécu cela. Comment avais-je pu l'oublier ? Et me revint la première fois :

C'était avec mon père, j'avais douze, treize ans peut-être. Que faisions-nous là, tous les deux, seuls dans ce café ? Ce n'était pas notre habitude. Je buvais un chocolat froid, j'adorais ça. Nous n'échangions pas une parole. À son travail, il était très populaire, paraît-il, toujours à faire des blagues, toujours gai. Avec nous, il ne disait rien, ma mère le lui reprochait assez. J'arrivais au bout du chocolat, je faisais du bruit dans les coins avec ma paille pour attraper les dernières gouttes. C'est à ce moment-là qu'un homme entra par la porte en face de moi, voûté, se déplaçant difficilement. Il a acheté des cigarettes, je l'ai suivi des yeux, distraitement. Je ne pensais à rien de spécial, ça me faisait du bien de ne penser à rien, comme ça, sans personne sur mon dos. Brusquement, je ne sais pas ce qui m'a pris, j'ai dit à mon père :

— Ce monsieur, là, regarde papa ! Mais regarde-le, il va tomber, il va mourir !

— Qu'est-ce que tu racontes encore, Sylvia ?

J'adorais comme il disait Sylvia, il m'appelait rarement ainsi, en général c'était Syl, et je détestais ça. J'ai souri. L'homme s'éloigna derrière les vitres du café, je ne ressentis rien de particulier, j'avais dit ça comme ça. Mon père me fixa, furieux, en jetant trois pièces de monnaie sur la table puis quelques instants plus tard, tout ça était déjà sorti de ma tête, on a entendu des cris, le braillement de femmes, d'enfants, des klaxons aussi. Maintenant, il y avait un attroupement de l'autre côté de la rue, et soudain, le silence, brutal, qui pénétra jusque dans le café. Nous nous sommes levés pour aller voir. Le soleil brillait d'une lumière si crue qu'elle découpait chaque chose, comme un projecteur surpuissant un décor de théâtre. Chaque ombre, chaque volume, tout était d'une netteté irréelle, rien n'échappait au regard. Il était là, allongé par terre, du sang au coin de la bouche. L'homme aux cigarettes. Je me suis mise à hurler, je ne pouvais plus m'arrêter, et ce fut comme un signal pour que les gens se remettent à parler ; certains pleuraient, d'autres, à genoux devant lui, n'osaient pas le toucher. La rumeur de la ville reprit, et la vie est revenue après le calme de la mort. Une ambulance est arrivée, mon père m'a tirée vers lui, presque traînée, je parvenais à peine à le suivre. Nous nous sommes éloignés. Je ne comprenais rien à ce qui venait de se passer. Il me regardait comme si j'avais tué quelqu'un.

Et cela s'est reproduit. Il n'y eut plus une semaine sans que je ne *voie* des choses — à l'école, dans les magasins, n'importe où. J'étais en classe ou en train de marcher avec ma mère et soudain mon espace était saturé d'images qui, devant moi, formaient aussi distincte que la réalité, une scène, un film projeté sur un écran fantôme. Une caissière, des camarades, un professeur, une voisine en étaient les acteurs, et fermer les yeux en accentuait l'intensité. Chacune de ces *apparitions* était brève, une dizaine de secondes à peine. Le temps, distendu, les faisait durer, les rendait claires et perceptibles. À peine les réalisais-je ou cherchais-je à les comprendre, elles s'évanouissaient. Ainsi avais-je l'espoir qu'elles ne revinssent jamais. Je croyais perdre la raison, car cela survenait toujours sans prévenir (qu'est-ce qui aurait bien pu m'en avertir ?) et sans que je puisse établir le moindre lien avec le présent. Qu'étais-je supposée en faire ? Mon père se montrait lointain et irritable depuis l'incident du café. Je l'exaspérais. Ma mère, elle, n'a rien su de l'homme mort sur le trottoir ni de ce qui traversait ma tête. Tout cela m'éloignait encore plus d'eux, alors je suis tombée malade, comme pour me contraindre à refuser toute nouvelle attaque, ne plus permettre à quoi que ce soit de s'inviter en moi. La très forte fièvre, en plus des images inexplicables qui ne cessaient de m'envahir, créait des cycles obsessionnels, des boucles d'anxiété. Essayant de trouver une logique à ce qui m'arrivait, je notai d'abord que cela ne concernait que des personnes de mon entourage, en dehors de la première fois. Petit à petit, ma théorie s'effondra, et plus dérangeant survint : des visages inconnus m'apparurent. Qui étaient ces gens ? Bientôt, s'y ajoutèrent des hallucinations d'un autre type ; les murs de ma chambre se déplaçaient, avançaient dangereusement, l'espace des lieux se resserrait autour de moi. Le bruit m'était insupportable, chaque son se réverbérait en échos démesurément longs, en volutes criardes qui s'enroulaient autour de mon crâne comme un serpent froid. Le temps se distordait, ainsi, seulement deux journées s'étaient écoulées depuis mon alitement précipité ; quarante-huit heures sans dormir qui me semblèrent durer un mois. Au matin du troisième jour, le dos trempé de sueur, je sortis enfin de ce cauchemar éveillé. Ma mère, au bord de mon lit, me tenait la main. Elle jouait avec mes doigts. Je l'imaginais inscrire des hexagrammes secrets sur mes paumes et m'avoir enfin libérée des démons. Elle ne parlait pas, mais c'est comme si son inquiétude, parvenue à ma conscience, m'avait ramené au monde normal. Je trouvai enfin un sommeil sans *images*, et la semaine qui suivit fut douce. Elle avait eu peur sans doute. Au moins s'occupait-elle de moi. Nous rencontrions-nous enfin ?

Nous fûmes complices aussi longtemps que je me tus, car au premier mot prononcé, pour tenter d'expliquer, comme je bredouillai sans trouver comment traduire ce que j'avais traversé, excédée, elle reprit sa posture, inaccessible. La *magie* dont j'avais été le vecteur avait ouvert une porte qui, une fois mon délire passé, se referma. J'eus la tentation de revivre les fièvres, de convoquer à nouveau tous ces visages, de retomber malade, pour recréer ce lien avec elle, que j'avais toujours recherché. Mais ce n'était pas aussi simple, et rien n'arriva. Je ne pus qu'essayer d'appréhender ce qui m'était arrivé, en consignant fébrilement ce dont je pouvais me souvenir, dans le moindre détail. La vie reprit son cours maussade : je n'avais donc aucun contrôle sur ces événements, et vécus désormais dans la hantise de leur retour.

J'avais reçu une éducation religieuse banale — communion privée, confirmation, communion solennelle — sans que ma mère, croyante par habitude de génération en génération, n'assistât à une seule messe, excepté pour ces cérémonies. Mon père, lui, refusait de mettre les pieds dans une église, cela me surprenait toujours et me plaisait aussi, comme l'affirmation d'une volonté dont il semblait manquer ailleurs. Il fulminait les jours J où, au milieu de la cohue, il ratait notre sortie des lieux (et la photo par la même occasion) ; particulièrement ce parcours en aube, avec Franck mon cavalier, dont j'étais amoureuse et à qui je n'ai jamais adressé la parole. Avec ses longs cheveux bouclés, on aurait dit une fille.

Nourries d'aucune croyance, mes visions survenaient et n'en avaient que plus de force. Étais-je prise d'une intuition occulte ? À l'instant de ma mort comprendrais-je la raison des messages qui me traversaient ? Mais pourquoi là, adolescente pressée, harcelée de signes et d'images indéchiffrables, n'ai-je pas *vu* mon père disparaître dans les flammes qui avalèrent son bureau, les corps en feu se jeter par les fenêtres et ma mère s'enfuir, sa dépouille à peine en terre ?

Quand Anny a passé sa tête dans l'entrebâillement de la porte de ma chambre la première fois, ma réaction fut la surprise, un éclat de rire, puis j'ai souhaité de tout mon cœur devenir son amie.

Le règlement des Écureuils était supposé être précis. Il y avait des horaires, des habitudes, des conventions, tout était nouveau, à l'état d'expérimentation, et le personnel, bienveillant, cherchait à satisfaire une clientèle privilégiée. Ma tante s'était débarrassée de moi dans un établissement pour gens aisés. Parlait-on en 1978 d'hyperactivité, d'anorexie ou de bipolarité ? Je ne sais plus. Nous avions entre quinze et vingt-cinq ans, étions dépressifs, de nature addictive pour certains ou simplement abandonnés là par nos familles. Ici, des restes de la vague influence de l'antipsychiatrie et des thérapies parallèles héritées des années soixante, nous promettaient de ne pas finir abrutis par des neuroleptiques surpuissants au bout de quelques mois, ou de subir contentions et électrochocs — cela se produisait ailleurs — pour les cas sérieux, et il y en avait aux Écureuils.

Anny, dix-neuf ans, plusieurs tentatives de suicide, était la plus jolie chose que j'aie jamais vue. Nous étions une quarantaine dans l'établissement, et je m'étonne encore de comment, le jour de son arrivée, peu de temps après la mort de mes grands-parents, elle atterrit dans ma chambre, celle qui lui était destinée étant à l'étage. Elle me confia plus tard, qu'au milieu des dix portes du couloir principal, elle poussa la mienne sans hésiter. Nous n'avons presque pas parlé, je l'observais tourner autour du lit où j'étais assise en train de lire. Elle a distraitement jeté un regard dehors et m'a dit son nom :

— Anny ! Deux « n » « y » ! a-t-elle précisé, tendant sa main pour serrer la mienne, en la secouant vigoureusement. Elle m'a tirée vers elle.

— Tu me montres tes livres ?

Nous faisions à peu près la même taille, ses cheveux étaient aussi noirs que les miens. J'ai immédiatement aimé sa brusquerie, cette façon de s'agiter et de faire de grands gestes pour ponctuer chacune de ses phrases.

— Tu es là depuis longtemps ?

Nous avons fait connaissance ; elle m'a dit son histoire. À mesure qu'elle parlait, je la sentais comme aspirée par la banalité poignante de ce qu'elle racontait. Nous étions accroupies devant toute cette littérature empilée par terre, faute de place ; les trois petites étagères étaient déjà pleines et le bureau encombré. Elle débita ses misères d'une voix blanche, comme sous la menace : les trois suicides ratés, l'acide, la mescaline, les boulettes d'opium et puis, les mauvaises habitudes avec la *poudre*, la *shooteuse* découverte par ses parents dans le tiroir d'un secrétaire, le frère et la sœur qui ne voient rien, ne comprennent rien, la pile de vaccins antigrippaux sous le lit de sa chambre (pour les seringues incluses dans la boîte), les tentatives de sevrage enfin ; l'Élixir parégorique par dizaine de flacons, le Fringanor, le Néocodion et puis la Méthadone, récupérée en Italie, monnaie courante là-bas. Je ne prêtais pas vraiment attention à ce qu'elle disait. Depuis plus d'une année que j'étais ici, j'en avais trop entendu. J'appréciais le son de sa voix, grave et éraillée, sa façon d'appuyer sur une syllabe ou d'enterrer un adjectif entre ses dents, en articulant à peine. Brusquement, elle s'est tue et a levé les yeux au ciel, comme pour balayer de ses paupières ce qu'elle venait d'énoncer : cette liste fastidieuse de méfaits, partagés avec un luxe de détails qui m'étonna. Elle avait deviné que je ne l'écoutais pas, je m'en suis voulu de cette indifférence. J'eus soudain envie de toucher la petite rougeur au coin de son nez, de faire glisser mes doigts dans sa chevelure pour lui témoigner ce que je ressentais depuis son arrivée : une attirance irrépressible. Elle a pris un livre, l'a reposé, en a attrapé un autre. Elle en considérait les titres, comme un professeur mesurant l'énorme somme de travail qu'un de ses élèves a fourni, mais ne pouvant cependant s'empêcher de lui faire des remarques.

— Tu as lu *Last Exit to Brooklyn* ? *La politique de l'extase* ? Je n'ai pas répondu. Selby, Leary, Nin ? Je suis restée silencieuse. *Le ticket qui explosa*, *Misérable miracle* ? Burroughs, Michaux, ça ne te dit rien ? Hesse, Zelazny, Alan Watts ? Claude Pélieu ? Et *Marelle* de Julio Cortázar ? Il a inventé cette méthode particulière pour lire son roman, on peut le commencer au chapitre 73, « (...) mais qui nous guérira du feu caché, du feu sans couleur... », je le connais par cœur. Bon, je demanderai à Roberto qu'il me les apporte.

Bien sûr, pour la plupart, je connaissais ces livres, mais je n'avais pas voulu l'interrompre. Elle portait un pantalon large, bleu nuit, un pull marin, des tennis blanches. Ses ongles étaient noirs ; je regardais sa bouche, et son haleine exhalait une odeur amère de cigarette, mélangée à la cerise des bonbons acidulés qu'il y avait dans une assiette à l'accueil.

— On peut téléphoner n'importe quand ?

— À la réception jusqu'à sept heures, sinon il faut passer par Anne-Marie.

À un moment, elle a perdu l'équilibre, attrapé mon poignet pour ne pas tomber, et puis il y eut soudain beaucoup de bruit dehors ; le sol tremblait, on se pressait dans les couloirs et les escaliers.

— C'est l'heure du déjeuner. Tu as faim ?

Elle répondit qu'elle mangeait peu, mais qu'elle m'accompagnerait, si je voulais bien. Nous nous rendîmes dans la grande salle qui donnait sur l'allée principale et les vastes pelouses du parc. La pièce était claire, agréable ; l'ambiance, la plupart du temps, calme. Ce qu'on y servait était suffisamment bien préparé pour qu'on s'y retrouve ensemble avec plaisir, même si certains n'avalaient presque rien. Je l'ai présentée aux autres. Les garçons ne se mélangeaient pas avec les filles, elle l'a remarqué ; nous avons échangé quelques mots, en dévorant le plat du mardi, très réussi. Je mangeais avec appétit, comme pour rattraper les années de repas sacrifiés. Anny m'a demandé la permission de goûter dans mon assiette, a fait une grimace ; une minute après, elle recommença. Nos épaules se frôlèrent, et quand elle se pencha pour attraper un morceau de pain, elle s'appuya un peu sur moi. Ce simple contact, ce bras posé m'ont troublé. Anne-Marie faisait le tour des tables pour vérifier si tout se passait bien. En arrivant à la nôtre, elle a annoncé à Anny que le reste de ses bagages était là. Nous avons échangé un sourire ; une princesse était à notre table. Il faisait beau et sa chambre était plus ensoleillée que la mienne. Trois valises, deux sacs étaient posés dans un coin.

— Tu veux que je t'aide à ranger ?

— Je suis fatiguée, je vais me reposer un peu.

— Je te laisse, on fera ça plus tard si tu veux.

— Non, reste.

Elle a ôté ses chaussures et s'est allongée, la plante de ses pieds était aussi sale que le dessous de ses ongles. Je l'ai soudain trouvée très pâle, elle a soupiré et s'est redressée se précipitant dehors en réclamant les toilettes. Il y a eu des éclats de voix dans le couloir, puis on chuchota jusqu'au silence. Je ne savais pas quoi faire. Quand elle est revenue, elle ne m'a pas regardée et s'est jetée sur le lit. On entendait une guitare lointaine, un des garçons se mettait depuis quelque temps au pied d'un arbre, après le déjeuner, et égrenait une suite d'accords, toujours identiques, sourds, hypnotiques. Les harmonies indistinctes se mélangeaient au bruissement des feuilles ; accrochées dans l'air, elles ne se matérialisaient jamais complètement, comme une idée qui ne parviendrait pas à s'exprimer clairement et ne trouverait pas de forme propre. Le son était à peine perceptible. En général, j'y prêtais peu attention, mais ce jour-là, avec Anny, qui maintenant s'était assoupie, et la lumière de mars, j'ai trouvé ça beau, rassurant. Cela traduisait bien notre état à tous : seuls, engourdis, perdus entre deux mondes. Devant moi, il y avait cette jeune femme endormie que ce matin je ne connaissais pas et que j'attendais sans le savoir. J'ai ressenti une joie qui m'était jusque-là étrangère. Je n'étais plus seule à présent.

Le rythme des Écureuils était adapté aux comportements de ses pensionnaires, ce qui, selon les récidivistes et autres habitués des séjours de ce type, était rare et exceptionnel ; les autres maisons étant régies par des rites, censés maintenir un ordre matériel et symbolique. Le petit-déjeuner par exemple, était servi jusqu'à dix heures. Beaucoup avaient des problèmes pour dormir ; les somnifères lourds n'étant, par principe, pas ou peu utilisés, on nous laissait la possibilité de traîner au réveil. Le déjeuner était à une heure et quart, le dîner à huit heures, et quelques-uns goûtaient l'après-midi, comme les enfants que nous étions (quoique nous pensions le contraire). Les aides avaient des attentions envers nous, que nous apprécions ; Anne-Marie et George veillaient à ce qu'au moins les questions d'organisation ne soient pas un poids qui s'ajouterait aux détresses dont ils ne mesuraient la réelle amplitude qu'avec le temps. Ces repères, nous n'en étions pas conscients, étaient essentiels ; nous étions suivis, écoutés, mais ce n'était pas aussi simple. La solitude et l'abandon n'en étaient que plus forts, quand retombait l'insouciance des moments, où des adolescents, le plus souvent délaissés, peuvent trouver la vie digne d'être vécue. Trompe-l'œil, cache-misère, utopie, c'était comme si nos souffrances n'étaient que le prétexte d'un grand jeu expérimental, dont personne ne connaissait vraiment les règles, comme si la mort, le suicide ou la démence ne rôdaient pas, comme si tout cela n'existait pas vraiment. Je me demandais parfois si nous n'étions pas dans un Grand Hôtel, un décor d'opérette ou un laboratoire de savants fous ; chacun comme enrobé d'une couche anesthésiante de soins et de considérations déplacées et finalement inefficaces. Daniel en était la preuve, Daniel voulait mourir et nous faisait peur. Il restait enfermé dans sa chambre, en face de la mienne, des journées entières. Il râlait, gueulait, en repoussant un ennemi invisible à coups de pieds. Il demandait de l'aide, emboutissait les cloisons en jurant, puis urinait dans un coin. Il y déféqua une fois, sortit, triomphal, les mains pleines de ses excréments et s'effondra par terre, le corps raide et dur comme la pierre. Nos regards se croisaient dans le couloir quand on l'emmenait à l'étage, le temps de nettoyer son antre. Au-delà de ces égarements hébétés, ses yeux me disaient autre chose : nous avions un monde en commun, ce que je voyais, il le voyait aussi. C'était invraisemblable, il ne pouvait être dans ma tête ; pourtant cette possibilité me terrifiait. Il était un des deux cas critiques des Écureuils, avec Dali, que l'on surnommait ainsi à cause d'un début de moustache qu'il tripotait sans cesse, de sa façon de dessiner compulsivement et de jeter ensuite ses *œuvres* sur le sol, à travers les pièces, en déblatérant un italien inventé.

Nous ne nous quittions plus avec Anny. Nous nous installions dans ma chambre ou dans la sienne, et nous restions là des heures. Je lisais, elle écrivait, nerveuse, sur un épais carnet. Son visage s'était durci depuis son arrivée, des rougeurs dans son cou, sur ses joues, apparaissaient, disparaissaient et quand la nuit tombait, l'ombre agitée de sa silhouette amaigrie n'en était que plus touchante. Elle était directe et posait des questions embarrassantes. Elle attendait un peu, puis ne voyant pas venir de réponse passait à autre chose. Je comprenais, je ne parvenais pas à lui en vouloir vraiment, qu'elle ne s'intéressât ni à moi ni à quiconque. Sa curiosité n'était jamais gratuite, elle collectait les petits secrets de chacun, toujours en vue d'obtenir, en échange, un profit, un avantage. Anny était dans le regret et l'attente, il n'y avait de place pour rien d'autre. Il ne me serait pas venu à l'idée de lui confier mon histoire, j'en avais trop honte, et elle n'aurait pas su quoi en faire. Elle téléphonait beaucoup. Au mystérieux Roberto, dont elle parlait sans cesse, mais qu'on ne vit jamais ? À sa mère, qu'elle appelait par son prénom, Maggie, et « qui viendrait la chercher d'un jour à l'autre » ? N'avait-elle pas inventé son addiction et le reste ? Et ces prénoms : Anny, Roberto, Maggie, ne les avait-elle pas imaginés eux aussi ? Peut-être disparaîtrait-elle un matin, sans même me serrer dans ses bras ?

Elle ressortait défaite et fragile de ses fréquents entretiens avec George ou Anne-Marie. Aussitôt après, elle se précipitait vers ma chambre d'un pas pesant, entrait sans frapper, claquait la porte derrière elle et clamait qu'elle exigeait un traitement spécial pour son accoutumance. Ils l'avaient « testé à Marmottan, ici le dosage n'est pas le bon » murmurait-elle, comme un mot de passe, pour pénétrer dans quelque domaine interdit, auquel elle seule avait accès. Bénéficiait-elle de quelconques faveurs, la fournissait-on en produits illicites ou de substitution ? Cela semblait impossible. Excepté ses changements d'humeur, sauvages, inconsidérés, elle ne présentait pas de symptômes de manque, du moins ce que j'en savais. Elle me parlait souvent de cet hôpital où l'on accueillait les « gens dans la *dope*, on ne jugeait personne là-bas ». Alors, dans cet état, Anny finissait par grimper sur le lit près de moi, et entrait dans une sorte de stupeur qui pouvait durer une heure, parfois deux. En se tordant la bouche, elle réfléchissait, glapissait, tapait régulièrement de façon comique sur l'une ou l'autre de ses cuisses, ce qui me faisait sursauter et rire. Elle n'y prêtait pas attention, sérieuse, lointaine, aux prises avec d'inatteignables adversaires, une indicible douleur que son visage trahissait, et ce genre de pensées qui vous entraînent là où il n'y a plus d'espace pour s'en libérer, là où elles se recomposent, à peine croit-on les avoir détruites et mises à l'écart. Après, et c'était un de mes moments préférés, elle pesait toute entière sur mon épaule, terrassée de fatigue. Je ne bougeais pas, osant à peine tourner les pages de mon livre, retenant ma respiration, jusqu'à la caler sur la sienne. Nous n'étions plus qu'un seul souffle, et je pensai avec gratitude que nous avions échappé de justesse au grand malheur de ne nous être jamais rencontrées, car même si je ne comptais pas pour elle, j'aimais Anny d'un amour éperdu, rien ni personne ne pouvait m'en empêcher. Elle avait changé mon idée du monde ; elle était tragique, indifférente, déloyale, mais à peine la connaissais-je, que j'avais déjà peur pour elle. Il n'y a que Marthe qui effaça son douloureux souvenir. Mais j'anticipe, revenons en 1979…

Deux années étaient passées déjà. Je lisais dans les yeux de George, lors de nos entrevues, deux fois par semaine, une abnégation qui faisait peur : « Que vas-tu devenir Sylvia, qu'allons-nous faire de toi ? » Sur le mur derrière lui, le portrait noir et blanc contrasté d'un psychiatre, Ronald Laing, m'impressionnait beaucoup. George affirmait l'avoir rencontré et me citait souvent, sans en mesurer l'ironie, un de ses travaux majeurs : *La politique de la famille*. Ce visage — intelligence et souffrance — avait sur moi un effet attirant et dissuasif, comme la porte d'entrée d'un espace que j'aurais souhaité visiter, mais où j'avais trop peur de me perdre. Je participais aux activités des Écureuils, rien à redire sur mon comportement ; ma pathologie pourtant, était *difficile à cerner*. J'étais secrète, docile ; selon George, peu *d'accès à ma personne* permettaient de comprendre ce que j'attendais de ce séjour, des autres et de l'existence en général. Je lui répétais alors ce qu'il avait plaisir à entendre, je savais bien faire cela. Je ne mentais pas, j'évitais juste les manifestations *surnaturelles*, les nuits sans sommeil, le choc de ma rencontre avec Anny et des règles si douloureuses, qu'exsangue, je croyais mourir chaque fois, tombant dans les bras d'Anne-Marie ou d'un garde, qui m'aidaient à rejoindre ma chambre. Je lui affirmais que je récupérais, me sentais un peu mieux chaque jour, sans toutefois manquer d'ajouter que je ne savais pas ce que je faisais là. « Je n'ai rien demandé », avais-je hurlé un matin, en balayant sur son bureau une pile de dossiers. Il répondit affligé que je n'avais nulle part où aller ; mes grands-parents morts, ma tante injoignable. « On verra à ta majorité » finit-il par marmonner.

Quand j'ai célébré mes dix-huit ans en mars 1980, rien n'a changé. Et je n'ai jamais autant pleuré que ce soir-là. Était-ce parce qu'avec mes parents (aucune image n'en témoigne, on photographiait peu à cette époque), mon anniversaire n'était pas une occasion exceptionnelle, même si de nouveaux livres, ce qui consternait ma mère, me faisaient toujours plaisir, ou parce que, voir tout ce monde dans la salle à manger, riant, presque joyeux, autour de cinq énormes gâteaux préparés pour l'occasion, en poussant des hourras quand j'ouvris mon cadeau, me ramenait des années en arrière, fillette seule dans sa chambre, deux de ces biscuits qu'on appelle *cigarette russe*, plantés dans une coupe de glaces ? Anne-Marie a fait un discours, et j'ai ressenti, me parcourant des pieds à la tête, ce que tous ces livres dûment dévorés nommaient *amour*. Oui, on m'aimait bien ici et c'est précisément le moment qu'Anny choisit pour m'annoncer, entre deux gorgées de Schweppes, son départ deux jours après.

La vie répéterait de nombreuses fois ce geste cruel : donner et reprendre dans le même élan, sans annonce et sans ménagement.

Il y avait six salles de bains avec baignoire aux Écureuils et deux grandes pièces équipées de douches individuelles. La toilette était un moment particulier, il y avait l'heure des filles et celle des garçons. Bien sûr, nous avions toutes un corps, pourtant, pour chacune, être vues ou se montrer revêtait une signification différente, se confondant (et se confrontant) presque toujours avec notre relation au monde. Certaines niaient totalement cette chair, théâtre d'atroces et potentielles convoitises ; chacune de nous vivait cela à sa façon. Line et Laurence, par exemple, étaient constamment ensemble, mais leur complicité ne passait pas le barrage de la peau, elles se lavaient séparément, et je crois ne jamais les avoir aperçues même une seule fois se toucher. Martine, arrivée le même jour qu'Anny, je m'en souviens, était grande et forte, et à ce qu'on disait, une des plus âgées ici. Elle déambulait dans les couloirs, pieds nus, en peignoir, et l'ôtait à peine entrée dans les douches. Son fessier impressionnant se balançait sous l'eau ruisselante, elle poussait des petits feulements en en réglant la température et finissait par chanter à tue-tête des chansons qu'elle improvisait certainement, car personne n'en reconnaissait aucune. Elle laissait ostensiblement sa porte vitrée ouverte et, à tour de rôle, une de nous, envoûtée, restait postée devant, l'admirant en train de s'ébrouer. Son audace, sa façon de s'offrir me touchaient et créaient un trouble qui me poursuivait longtemps après. En une étrange inversion, quand elle avait fini, elle nous demandait de sortir et proclamait dans un crachat :

— Je suis sale, laissez-moi !

Elle voulait rester seule et se laver encore. Finalement, quelques minutes après, elle regagnait sa chambre, couverte de la tête aux pieds. Le lendemain, tout se déroulait à nouveau de manière identique, à la minute près. Un soir que les autres n'étaient pas là, je me retrouvai seule avec elle, sa porte, comme toujours, entrouverte. Je voyais la mousse dégringoler de son gros corps, elle passait le savon sur ses seins imposants. Pour une fois, elle ne chantait pas ; elle s'est accroupie et j'ai cru voir de l'urine se mélanger au jet de la douche qui continuait de l'éclabousser. Elle ferma les yeux, comme pour se retirer à l'intérieur d'elle, mieux profiter de l'instant peut-être, et puis en les rouvrant m'a surprise qui l'observais. J'ai sursauté par la force de son regard ; elle a souri et, au sentiment de honte de l'avoir espionnée, s'est mêlée une forte chaleur. Je rentrai aussitôt dans ma chambre me cacher sous le grand rideau beige, comme si elle allait me poursuivre jusque-là et me punir pour ce que j'avais fait. Exceptionnellement, je portais une jupe, et n'eus aucune difficulté à engager ma main entre mes cuisses, et c'est l'idée qu'elle débarque pour me corriger, autant que l'image de cette chair offerte dans les replis de laquelle j'aurais aimé me perdre, qui me firent pousser un cri que tout le monde dut entendre. Tous les membres secoués, je me sentais légère, solide. Vivante. C'était une grande première.

Anny quitta les lieux sans prévenir personne. Pas de lettre glissée sous ma porte ou laissée à l'accueil ; j'avais compris, au fil des onze mois passés, qu'elle n'aurait jamais ce genre d'attention, qu'elle en était incapable. Je ne sais ce qui avait décidé son départ précipité, alors qu'il avait été finalement convenu, m'avait-elle confié, qu'elle reste aussi longtemps que son état l'exigeait. Interrogés par nous tous, George et Anne-Marie ne répondirent pas. « *Death trip* ! » marmonnèrent les garçons, prétendant que de la *dope* était entrée aux Écureuils, et qu'ils avaient foutu Anny dehors à cause de cela. Bien sûr, j'avais appris à la connaître, mais mes sentiments étaient restés les mêmes depuis le premier instant, ils n'avaient en rien été affectés par son attitude ; quoi qu'elle fît, je pardonnais. Le lendemain de son départ, j'allai trouver Martine pour qu'elle me coupe les cheveux. Court. Je lui adressai la parole pour la première fois. Des clans aux frontières hermétiques et claires s'étaient formés ; on se croisait, on ne se mélangeait pas. Notre fragilité nous contraignait à nous protéger aussi les uns des autres. Depuis l'épisode de la douche, nous avions échangé des débuts de sourires, sans que je puisse me trouver à nouveau seule avec elle dans la salle d'eau pour la regarder encore. Je me posais de plus en plus de questions au sujet d'Anny : sa fuite m'avait désespéré, mais donné l'énergie d'aller enfin parler à Martine.

Elle lisait, assise sous un arbre, comme l'image parfaite d'un premier jour d'automne. Je ne l'avais jamais vue d'aussi près. Nous avions pris des couleurs durant l'été ; affleurant sur son visage hâlé, je distinguais un fin duvet blond. Elle n'était pas maquillée et portait une robe claire. Les pieds nus dans l'herbe, ses orteils étaient peints de rose nacré, écaillé par endroits. Je ne connaissais pas la raison de sa présence, elle répondait à mes questions d'une voix atone et lasse, à peine audible. Derrière la robustesse de son corps, elle semblait d'une vulnérabilité extrême. Ses bras étaient nus, j'eus envie d'y coller ma joue ; je les imaginais tièdes de soleil. Des silences de plus en plus longs s'installaient, sans que cela me gêne ; je me sentais *hors de moi*, apaisée. Naît souvent d'une épreuve son exact opposé ; j'avais perdu ma famille, j'avais perdu Anny, mais j'avais gagné ces minutes avec Martine, où le temps se tenait enfin un peu tranquille. Inexplicablement, malgré la quiétude désolée qui nous enveloppait et avec laquelle nous ne faisions qu'un, je pouvais presque m'imaginer un avenir. Elle avait vingt-quatre ans et me raconta son histoire. Ce qu'il m'en reste aujourd'hui est vague. Un viol très jeune, cette obésité soudaine au début de l'adolescence, puis comme beaucoup ici, la volonté d'en finir une fois pour toutes. Mais ils étaient nombreux à avoir échoué et à se retrouver là. Je me souviens du vacarme dans la salle à manger, quand un des garçons s'est tailladé les veines avec un couteau à pain récupéré en cuisine. Rien une seconde avant, ne pouvait laisser présager un tel geste ; une petite fête était prévue pour sa sortie prochaine. Nous nous sommes tous précipités en renversant la table, et je le revois, allongé par terre, couvert de sang, jurant, riant comme un dément, au milieu des flageolets, des haricots verts et des tranches de gigot, tandis que Dali et Daniel dansaient, bras dessus, bras dessous, ce dernier récitant son passage préféré de l'Ancien Testament, « Roi, puisses-tu vivre toujours... » où, il nous le répétait presque chaque jour, « dans la fosse aux lions », il n'était question que de LUI, Daniel, face au diable et à l'adversité. Anne-Marie et George accusèrent le coup, rien n'étant aussi facile qu'ils l'avaient cru en créant Les Écureuils.

En me parlant, le timbre de Martine se cassait, butait sur des syllabes, comme une petite fille qui apprend à parler. Elle n'avait pas grandi. Je réalisai qu'excepté le soir pour sa fameuse toilette, elle était seule la plupart du temps. La tête baissée, elle jouait avec ses doigts et la couverture saccagée de *La porte étroite*. Pourquoi l'avait-elle choisi ? « Faire de soi un être irremplaçable », avait écrit Gide quelque part. Elle m'avoua qu'elle n'y comprenait pas grand-chose et maintenait difficilement son attention plus de quelques minutes. Je l'avais lu (c'était l'exemplaire que les pensionnaires empruntaient à tour de rôle), et une phrase m'intrigua, soulignée par l'un de nous au crayon de papier : « Que peut préférer l'âme au bonheur ? La sainteté. » Cela me parlait confusément, la boue et l'or, les mots et le corps — transformer cette souffrance dégoûtante en invincible force et devenir une femme extraordinaire. À ma surprise, je lui ai attrapé la main, y ai déposé un baiser et l'ai prié de me couper les cheveux, maintenant, sur le champ, immédiatement.

— S'il te plaît, Martine ! S'il te plaît !

Il était strictement interdit d'en posséder une, mais trouver une paire de ciseaux fut un jeu d'enfant. Je savais que je serais réprimandée quand on s'apercevrait de ma nouvelle coiffure. Je m'en moquais, je me sentais gaie, m'étourdissais à cette perspective. Nous nous installâmes face à la fenêtre de ma chambre.

— Encore, encore ! la suppliai-je.

Ce n'est que quand je ressemblai enfin au premier de la classe d'un collège anglais que je fus satisfaite. J'étais débarrassée de ces cheveux que ma mère aimait tant ; je ressemblais à un garçon. Peut-être ainsi aurais-je plu à Anny ? Survoltée, je passai une chemise blanche, un pantalon, et pendant que je m'admirais, extatique, dans le miroir, en faisant des mines et des figures, Martine disparut sans un bruit. Je la cherchai partout, en vain. À l'heure dite, je la retrouvai pour l'immuable et immanquable rituel de la douche. Elle me sembla plus attirante que d'habitude ; sa nudité prenait une dimension nouvelle, après que nous ayons partagé ce morceau d'après-midi ensemble. Au dîner, j'arborai la casquette grise accrochée au portemanteau de l'entrée, qui devait sans doute appartenir au jardinier. Tout le monde me regardait, et je ne suis pas sûre qu'Anny ait jamais eu autant de succès que moi ce soir-là.

J'ai du mal à retrouver le fil exact de comment les choses se sont déroulées ensuite. Des mois passèrent ; les journées étaient réglées, monotones. Je me livrais de bonne grâce aux activités collectives : je lisais, j'apprenais, tordue, solitaire. Certains s'en allaient et revenaient quelques semaines plus tard ; d'autres disparaissaient pour toujours. *Dehors* était juste un mot, dehors n'existait pas, et le dimanche, au moment des visites, personne ne venait me voir.

Martine et moi sommes allongées sur mon lit. Nous nous embrassons. Nous passons des heures à nous embrasser. Dès que j'essaie de toucher sa peau, d'effleurer sa cuisse ou son bras, elle se cabre et nos baisers s'arrêtent là. Le lendemain, nous recommençons avec une infinie tendresse à nous lécher le visage comme des chiots, langues et salive mêlées. Nous n'irons jamais plus loin, c'est tout ce qu'elle accepte, alors la nuit, je visualise son corps que je connais bien à présent, étant l'invitée exclusive de ses ébrouements du soir. En me frottant sur les draps rêches, je m'égratigne presque en venant, avec derrière mes yeux clos, les formes de Martine mélangées à celles d'Anny, et nos bouches accrochées les unes aux autres. Car je pense toujours à Anny ; à peine je commence à l'oublier que je me fais un devoir de la rappeler à ma mémoire et veille à ce que rien ni personne ne l'éloigne de mes pensées, pas même ce garçon avec qui il me plaît de traîner : Luka. Nous échangeons des livres, les annotons de couleurs différentes, chacune la nôtre, pour nous remémorer nos passages préférés et les évoquer plus tard. Nous marchons dans le parc, organisons des promenades, aidons à la cuisine. Nous sommes inséparables, mais je ne le regarde pas, je ne le vois pas. Un matin, il s'approche. Sa bouche est une fleur sèche contre la mienne. Je sens son sexe se presser, durcir contre mon ventre (comment Henry Miller, dont nous dévorons la trilogie *Sexus*, *Plexus*, *Nexus* nomme-t-il le membre des garçons déjà ?). Je l'écarte doucement, il s'assombrit, ne comprend pas, devient de plus en plus insistant.

— Je suis un homme Syl, j'ai vingt ans.

Il me fait grâce de son histoire, je la sais un peu. Parents disparus, médicaments, la lointaine famille en Crète qui veut s'occuper de lui, le faire *revenir*, là où il n'a jamais mis les pieds. Mais Luka, ce qu'il désire le plus, c'est écrire. Un jour, il me lit quelques pages. Je ne sais pas quoi lui dire, lâchement, je me tais, et je vois bien qu'il a de la peine. Nous sommes le couple officiel des Écureuils, Anne-Marie me convoque dans son bureau pour m'expliquer, un sourire complice aux lèvres, la limite que nous sommes censés ne pas dépasser. Luka ne m'intéresse pas, je ne fais que parler d'Anny. A-t-elle des nouvelles ? Est-ce vrai ce qu'on raconte ? Bientôt, des rumeurs circulent dans les couloirs, l'institut va fermer. Martine, depuis quelque temps, si aucun geste ne m'est permis, promène librement ses mains sur moi ; ce soir-là, plus que les autres fois. N'en pouvant plus, j'ôte mon pyjama, attends, allongée dans la pénombre. Elle reste habillée, m'embrasse, comme elle ne l'a jamais fait. Sa bouche tremble, nos pieds se touchent. Une jambe sur sa hanche ronde, je m'endors, assommée de désir. Le lendemain, elle n'est plus là.

IV

« Rien n'est à nous. À peine si nous posons notre main autour du cou des fleurs non cueillies. »

Rainer Maria Rilke,
Élégie à Marina Tsvetaeva

« Il aura fallu un long parcours d'apprentissage, une série d'initiations, à travers les erreurs, les amours et la jalousie, les deuils, les blessures, les découragements. Puis la vocation d'écrire s'est imposée indubitablement, ayant enfin découvert son véritable but ».

Jean Starobinski,
La beauté du monde

Ma tante m'attend à l'arrivée du car, porte d'Orléans. Il fait très chaud. Elle me tire jusqu'à sa voiture. Elle n'a pas changé — tailleur, rouge à lèvres, vernis à ongles assortis. Nous nous installons sur le siège arrière. Elle me donne une enveloppe en me jetant un regard inconsistant, comme si la jeune femme de dix-huit ans que je suis devenue n'existait pas.

— C'est de l'argent pour t'acheter des vêtements ; je pars tout à l'heure dans le Midi. J'ai une chambre dans le quartier des Halles, tu peux y rester jusqu'au premier septembre, après c'est occupé.

Mes membres s'engourdissent, une suée glaciale me parcourt, ma tête bascule ; je vais m'évanouir. Je suis dans cet état intermédiaire où la réalité, brusquement, est comme mise à distance. Trop difficile à accepter, je ne veux rien entendre et la refuse, mais je ne m'absente pas complètement ; j'ai encore le choix. Si je perds connaissance, cela ne fera qu'aggraver la situation. Je suis totalement seule, comme je ne l'ai jamais été, et je dois me décider ; tout m'a conduit à cet instant précis ; à moi de choisir si c'est une fin. Ou le début d'une autre vie. J'ai peine à murmurer :

— Pourquoi n'es-tu pas venue me voir ? Où est maman ? Où sont mes affaires ?

— Ne commence pas, Sylvia !

Elle ose prononcer ces mots, « ne commence pas, Sylvia ! », s'impatiente à présent, en me tendant un papier plié qu'elle sort de sa poche.

— Ta mère a disparu. Envolée ! Tiens, voilà l'adresse et les clefs, on a récupéré tout ton bordel, il est entreposé dans la cave. Ah ! Et puis, Anne-Marie et George ouvrent un nouveau centre, plus grand, près de Tours. C'est un chèque pour le premier trimestre, si tu ne veux pas y aller, encaisse-le, il est au porteur. Si tu y restes, je paierai la suite. Tu vois, tu peux compter sur ta tante. Il y a mon numéro de téléphone aussi. Ne m'appelle qu'en cas d'extrême urgence. Tu as bien compris ?

Elle s'est approchée pour cracher cela, en m'attrapant par la manche. Je sens son haleine, une odeur de poudre de riz.

— Je dois partir maintenant, descends.

Elle me pousse sur le bord du trottoir et la voiture démarre. Je ne la reverrai plus jamais. Je m'accroupis, de peur de vaciller au milieu des passants. En me redressant, j'ai le vertige et me rattrape *in extremis* à un arbre, quelqu'un me demande si ça va. Je m'assois sur un banc, ferme les yeux, le bruit assourdissant des voitures ne me calme pas. Je prends l'avenue du Général Leclerc, puis l'avenue du Maine. Le ciel est parfaitement bleu, la chaleur insupportable ; j'ôte le blouson de cuir, un perfecto 613 que Luka m'a offert en partant. Je fais tomber l'enveloppe que je tiens depuis tout à l'heure, du bout de mes doigts : elle contient trois mille francs en liquide et un chèque de quatre fois plus. Je suis riche. Les gens passent, me bousculent, je monte dans un taxi, colle mon visage contre la vitre. Nous descendons la rue de Rennes. Je ne réponds pas quand le chauffeur me demande quel trajet je préfère pour aller rue Bachaumont, où nous arrivons enfin. Il n'y a pas d'ascenseur, c'est au septième étage. La chambre, exigüe, est coincée entre deux appartements, où dans l'un, un téléviseur gueule, et dans l'autre, un homme, en italien, ponctue chacune de ses phrases d'un furieux *va bene !* Un lit à une place, pas de douche, un réfrigérateur de la taille d'une boîte à chapeaux, une commode indienne, un large balcon avec une table et deux chaises de jardin. Je m'allonge et m'endors jusqu'à neuf heures du soir. Nous sommes le vingt-quatre août, il fait encore jour lorsque je me réveille.

Cet été 1981, j'ai tout fait pour ne plus y penser ; d'autres, nostalgiques du programme commun, ne l'oublieront pas. Le départ précipité des Écureuils où je laisse toute ma *littérature*, quitter les autres avec l'illusoire promesse de se revoir, les larmes en roulant vers Paris, et les six jours passés dans cette chambre, sans pratiquement mettre le nez dehors.

En entrant dans la cave numéro sept, je vois les affaires entassées n'importe comment, les piles de livres qui montent jusqu'au plafond. En essayant d'en attraper un, tout s'effondre. Il n'y a que la minuterie du couloir qui fonctionne. Régulièrement, je retourne à l'obscurité. Je reviens le lendemain avec une lampe torche. Une odeur de moisi se mélange à la fraîcheur humide. Je débarrasse mon vieux fauteuil, un *rocking chair* que j'ai réclamé pendant des années à mes parents, et m'assois un moment. Les vêtements sont dans des sacs en plastique, les affaires de classe dans deux malles ; il y a l'électrophone, la collection de porte-clés dans une boîte à chaussures, les *Aggie*, les *Lisette* (abonnée de force, je les feuilletais à peine), des cahiers de brouillon, des classeurs, des crayons, mon ours rouge. Je prends un livre, déchiffre sa couverture, mais je ne me souviens pas de ce qui y est attaché et je ne ressens aucune émotion particulière.

— Y'a quelqu'un ?

La concierge n'a qu'un pauvre petit paquet de cheveux teints, retenus par un peigne, au sommet de son crâne, et surgit dans une odeur de soupe. Dans le noir, je ne fais pas un bruit. Elle s'éloigne en sifflotant.

Je crois bien que je vais m'installer ici et ne plus en bouger. Je remonterai à la surface du monde, de temps en temps, pour aller chercher à manger. J'achèterai un petit chauffage, un poste de radio, et il y a assez de place pour remettre mon lit sur pied.

Le premier septembre, j'encaisse le chèque de ma tante, j'entre dans le magasin Fiorucci de la rue Saint-Denis, me perds dans les rayons et demande finalement à une grande fille derrière un comptoir si elle connaît un endroit pour dormir dans le quartier. Elle me passe en revue, des pieds à la tête, et se met à hurler :

— Hannah ! C'est quoi le nom de cet hôtel déjà ? C'est rue du Cygne, non ?

Une main tire un rideau, une tête apparaît. Hannah ressemble à une souris, petit nez, bouche fine ; elle sent bon. En soupirant, elle lâche avec un accent russe ou polonais peut-être :

— Il est génial ton blouson ! T'as pas trrrop chaud avec ?

Hannah parle beaucoup, elle ne fait presque que cela : parler. Elle commente chacun de ses gestes, pose une question par seconde, enchaîne sans attendre la réponse et m'invite à dormir dans son appartement.

— Demain, nous te trouverrrrons un hôtel !

Je resterai trois mois chez elle.

Le premier soir, après m'avoir bordée dans le canapé-lit du salon, elle m'embrasse longuement. Je ne réagis pas. Elle aime ma poitrine, dit qu'elle n'en a jamais vu des comme ça ; elle palpe, touche sous le duvet. Elle me demande de me lever, enlève sa nuisette. Je n'ai qu'une veste de pyjama, dont elle tire les manches pour que je l'ôte, nous nous admirons toutes les deux, dans un grand miroir posé au sol.

— Tu vois Sylvia, tu vois, on va bien ensemble, non ?

Nous sommes nues, côte à côte, debout au milieu de la pièce, les fenêtres ouvertes. Je suis grande, maladroite, mes seins sont trop gros, mes jambes trop maigres ; Hannah, elle, a des proportions idéales, une blondeur un peu fade de poupée et vingt petits ongles roses. Un air tiède se faufile, s'enroule entre nos mollets. Elle se frotte, n'arrête plus de se frotter et glisse soudain ses doigts entre mes cuisses. Je ne sais pas quoi faire, m'écarte un peu. Je tombe de sommeil.

— S'il te plaît Syl, s'iiiiil te plaît ! Embrrrrasse-moi.

Me voyant sans réaction, elle ajoute :

— Ok, on verrra demain ! S'iiiiil le faut, j'attendrrrrai Syl, et elle éclate de rire en allant à la cuisine

— Tu veux une bièrrrre ?

Nous buvons deux Bush glacées, allongées sur le parquet.

— Tu sais, chez nous on aime la bièrrre, je la commande par carrrrtons de cinquante rrrrue Montorrrrgueil, elle vient d'Amérrrrique.

— Il vous faut abandonner tout espoir, après vous irez mieux.

Nous sommes assises par terre, sur des coussins bariolés posés au milieu d'un parquet parfaitement ciré. Je ne sais pas comment me tenir. La pièce est grande, destinée à la méditation ; la musique, en sourdine, que je trouvai, à mon arrivée, lancinante, désagréable, me semble maintenant presque apaisante. Elle est comme le contrepoint des mots que Margot Doke vient de prononcer : une résonance vive dans un espace vide, une mince lueur dans les ténèbres.

— Vous semblez si mûre pour votre âge.

Elle porte une longue robe sombre, rehaussée aux poignets et au col, de filets et de croisillons dorés. Hannah m'a donné le numéro de cette femme, yogi-thérapeute. « Elle te ferrrrrra du bien », m'a-t-elle affirmé. Je n'hésite pas une seconde à l'appeler et, à présent, elle est en face de moi, me fixant avec insistance, sans que cela n'exerce aucun poids sur ma personne, aucune pression. Son regard ne pèse pas, ne juge pas ; elle ne dit rien, elle me passe vaguement en revue, s'arrêtant sur un point de mes vêtements ou mes mains jointes. Soudain, l'inspection s'intensifie un peu. A-t-elle découvert quelque chose ? Qu'a-t-elle remarqué ? Cela dure, je ne sais pas, plusieurs minutes peut-être. Elle n'est plus très jeune, a un large et beau visage, hâlé, plutôt avenant, mais je ne crois pas qu'elle m'ait souri une seule fois. Je baisse la tête et m'accroche à cette boucle sonore qui évolue maintenant vers une texture plus claire, comme ces pensées dont on perd l'origine, mais qui se développent par elles-mêmes, naturellement, jusqu'à se matérialiser en images ou en décisions.

— Perdre tout espoir ? C'est déjà fait !

Les mots des autres prennent parfois leur sens, quand on s'y attend le moins. Je comprends la signification des siens quand je les répète.

— Je n'ai pas dit perdre, j'ai dit abandonner. Revenez jeudi, c'est fini pour aujourd'hui.

Quelque chose m'empêche de me lever. Comment ai-je pu en arriver là ? Je me mets à pleurer. Elle ne fait pas un geste, je m'entends renifler, geindre ; sa présence ne me gêne pas, non, au contraire, cela me fait du bien de pleurer devant elle, d'avoir un témoin de mon état sur cette terre. Je ne vois aucune raison de m'arrêter, de ne pas laisser le chagrin me quitter un peu. Et puis, finalement :

— Je ne vous raccompagne pas, vous connaissez le chemin.

En rentrant pour retrouver Hannah, je n'ai que cette dernière phrase à l'esprit : « vous connaissez le chemin ».

Depuis les quelques semaines que je vis ici, je n'ai rien fait ou presque, à peine suis-je sortie trois fois marcher dans Paris. Je m'assois dans les jardins du Palais-Royal, où, d'un appartement au-dessus des arcades, le fantôme de Colette, dont j'ai relu mille fois *Le pur et l'impur*, me protège ; celui de Renée Vivien m'accorde un poème... « (...) Puisque aussi le fatal est proche du divin ». Hannah me laisse le matin pour aller travailler et me retrouve le soir à la même place. Je ne m'habille pas ; en débardeur et petite culotte, je lis des magazines, je traîne. *Se recroqueviller dans un coin et mourir,* c'est le conseil des Stray Cats, j'écoute leur premier album à longueur de journée. Quand elle rentre, elle se précipite aussitôt dans sa chambre. Parfois, avec une fille.

— Écoute ça, Hannah ! Elle jette ses vêtements par terre, surgit toute nue en dansant. Nous reprenons en chœur :

« Well, I can't control this feeling
That I'm having inside
I want to crawl up in the corner
I want to crawl up and die »[2]

Ensuite, dans le plus simple appareil, en claquant portes et tiroirs, elle se demande ce qu'on va bien pouvoir dîner, en me donnant des nouvelles du magasin.

---

[2] « Bon... je ne peux contrôler cette sensation que j'ai à l'intérieur. Je veux me recroqueviller dans un coin et mourir ».

— Tu n'as pas froid ?

— Tu me demandes toujourrrrs ça, Syl ! Non, je n'ai pas frrrroid. Tu veux qu'on sorrrrte ? Je vais te maquiller. Tu n'aimes pas le rrrrouge ? Allez, on va chez Conway's ? J'ai une faim de loup.

Je remets *Crawl Up and Die* et elle m'attire au coin de la porte de la cuisine où elle m'embrasse, en calant le haut de ses cuisses ouvertes contre moi. Commence alors son manège ; elle se hisse sur la pointe des pieds, prend ma main, la dirige avec précision et se met à gémir. Je peux rarement garder mon sérieux, mais imperturbable, après un moment, arc-boutée où elle s'abandonne totalement les yeux clos, en se servant de mes doigts, elle murmure à mon oreille :

— Je suis venue trrrrois fois, Sylvia, trrrrrois fois, tu te rrrrrrends compte !

Margot Doke me fait signe de la suivre, sans dire un mot. L'air est saturé d'encens, elle est en blanc. Je remarque ses pieds nus, osseux, ridés. Elle semble flotter jusqu'à la petite pièce que nous rejoignons, et qu'elle appelle son bureau. Une table basse dans un coin, un tapis rose et violet, une pile de livres. Nous ne parlons toujours pas. Assises en tailleur, face à face, elle prend soudain mes poignets.

— Vous n'avez pas dix-neuf ans, vous en avez cent !

Depuis la dernière fois, je ne me souvenais plus du son de sa voix. On oublie ces choses-là, on finit par tout oublier. Elle fait un mouvement régulier avec son pouce sur le dessus de ma main. Cela m'agace, mais me concentrant sur son geste, c'est comme si elle faisait pénétrer un peu de calme par ce point précis. Je me détends.

— Comment dois-je vous appeler ? Syl ?

Je confirme de la tête — ce surnom comme une hypothèse, une condition pour exister : S'il...

Il n'y a pas de musique aujourd'hui, à peine le bourdonnement éteint de la rue. Elle ne dit rien. Je détaille ses orteils, ses phalanges noueuses, ses chevilles ; la position parfaite de son corps, tête droite, yeux baissés. Comme je la fixe intensément, ses cheveux, soudain, mangent son visage comme du lierre, sa peau change de couleur. J'aperçois sa poitrine qui palpite en transparence sous la tunique pâle, j'essaie de suivre le trajet bleuâtre de ses veines gonflées. Je voudrais me faire une place contre elle, qu'elle me berce et me console. Du silence, qu'elle rompt violemment, comme un rappel à l'ordre, ma voix, délivrée, commence à raconter : la mère et l'enfance massacrée, toutes ces filles qui m'attirent, mon père, le feu, la prison de la chambre d'enfant. Je parle de mes visions, des nuits aux Écureuils ; je hoquette sans larmes, je jure. J'attrape ses doigts et les presse, la chair roule sur les os, je les comprime à les broyer. Je ne m'arrête plus de parler. Elle ne bouge pas, n'essaie pas de m'échapper, elle accompagne mes gestes, les anticipe et écoute vraiment ce que je dis. Oui, pour la première fois, quelqu'un entend, quelqu'un sait ce que j'endure, et le froid des fenêtres ouvertes de ma mère traverse mon crâne, et je comprends qu'elle n'a jamais voulu être là, avec nous, qu'elle espérait que, charriée par le vent, arrive enfin cette nouvelle vie possible, pour effacer la nôtre. J'explique tout ce que j'ai pris sur moi, tout ce qu'il a fallu concéder, les privations à l'âge où les autres rient sur des pelouses de rêve, se lancent au visage, des deux mains, l'eau fraîche des bassins. Je dis ce dont j'ai manqué, la douceur des bras autour du cou, les soirs d'été où l'on s'attarde devant la mer, pour un dernier jeu dans le soleil qui décline ; les réveils dans les draps tièdes de la nuit, les caresses qui font aimer le grain de sa propre peau, le bonheur de se lever, de sentir une maison vivante. Et puis, l'indifférence d'Anny, les baisers affolés de Martine, le renoncement dans le regard du père qui *n'était pas un homme*, et la mort de celui que j'ai vu tomber, avant qu'il ne le sache lui-même. *L'autre monde* qui s'invitait en moi, l'autre monde qui triturait mes nerfs, faisait chanceler les murs. Pour m'apprendre quoi ?

Margot Doke m'ouvrit une porte que je refermai aussitôt. Ce que je vis derrière, l'espace de nos deux rencontres, cet horizon plus clair, j'ai su que je le retrouverais, mais qu'il me faudrait beaucoup de temps pour cela. J'étais impatiente, je choisis le chemin le plus long (n'est-ce pas ce que nous faisons tous ?) Je ne la revis jamais ; l'orgueil m'empêcha d'en trouver la force. J'étais tellement blessée, j'avancerais seule à présent. J'étais si jeune, comment aurais-je pu accepter ce qu'elle m'offrait et imaginer que lui faire confiance m'aurait peut-être sorti de ma misère ?

À son départ, Hannah me laisse son appartement une semaine, « pour te retourrrrner », elle rentre à Varsovie. Quinze jours plus tard, l'état de siège est décrété en Pologne. Une semaine ! Bien sûr, impossible de trouver où habiter si vite, alors je me résigne ; j'ai encore un peu d'argent, j'irai à l'hôtel. Un matin tôt, dans une librairie rue Dauphine, une femme, son parfum est lourd et sucré, me bouscule en se glissant derrière moi pour attraper un livre. Elle s'excuse, puis rit exagérément. Nous sommes intéressées par le même auteur. Je peux sentir qu'elle me regarde, elle me suit jusqu'à la caisse et me parle. Je l'écoute distraitement, elle ne me plaît pas. Isa Lasserre entre dans ma vie.

Je prends un chocolat, elle, un café. Elle écrit ; son deuxième roman paraît lundi prochain. Le premier s'est bien vendu. « Il y a, après-demain, pour sa sortie, un cocktail chez l'éditeur, il faut que vous veniez ». Un *il faut* comme un ordre, et c'est comme si je n'avais pas le choix. Je n'ai jamais entendu parler d'elle, elle voit bien que je ne l'aime pas, cela ne semble pas la déranger. Elle laisse constamment des messages à mon hôtel ; il fait froid, Noël approche. Elle me parle de ce grand appartement rue de Seine, où elle vit, m'invite plusieurs fois à y prendre le thé, me présente ses amis. « J'ôte mes escarpins », chuchote-t-elle dans l'escalier, la clef dans la porte. Nos pieds s'enfoncent dans l'épaisse moquette pourpre.

Je me procure son premier livre. Il sonne faux, affecté. Érudition racoleuse, glacée, suffisamment adroite pourtant pour que, dans le piège, presque tout le monde tombe. Elle me pose des questions, je ne dis rien, puis comme elle insiste, j'invente une famille, une autre histoire que la mienne. Elle me propose de m'installer chez elle. En attendant. J'accepte. Des écrivains passent, ils croient ressusciter les salons littéraires du dix-neuvième siècle ; Isa règne, déclame, comme si l'Histoire enregistrait ses paroles. Je rencontre des peintres, des photographes qui s'attardent à boire un verre à la tombée du jour. Bientôt, je pose pour eux ; elle assiste aux séances, ne me quitte pas des yeux, me tend un peignoir à rayures verticales bleues qu'elle m'a offert « pour l'occasion », dit-elle. J'aime être regardée, je traverse les pièces, nue, j'obéis, ils adorent ça. Je peux tenir deux heures presque sans bouger, et ils me payent bien. Deux mois passent, la tête vide, sans regarder derrière. « Restez encore un peu Sylvia, rien ne presse ! » Quand je me réveille, elle m'apporte mon petit-déjeuner au lit, puis se glisse à mes côtés et nous nous rendormons. Elle ne me touche pas. Le téléphone sonne beaucoup, elle donne ses interviews dans le salon ou au Lutétia, mais son nouveau roman ne marche pas ; elle se plaint, elle l'a écrit vite, la pression était trop forte. La critique est ironique, cinglante, mais je ne vois pas de différence avec son premier livre : même artifice, même pose — les gens vous honorent, puis vous détestent pour des raisons identiques.

Elle m'appelle de la pièce à côté, je ne réponds pas, elle attendra ; j'ai autre chose à faire. Je lis Tolstoï, Flaubert — « La vie me pèse comme un remords ». J'engloutis les grands maîtres, les Russes, les Allemands, Kafka, je lis et je relis Simone Weil, *La pesanteur et la grâce* — « Mais celui qui met sa vie en Dieu lui-même, celui-là ne la perdra jamais. Mettre sa vie dans ce qu'on ne peut pas du tout toucher. C'est impossible. C'est une mort. C'est cela qu'il faut ». Je me penche par la fenêtre, et chaque fois, me prend l'impulsion de sauter, de me briser en morceaux sur le béton du trottoir. Je crois souvent voir passer Anny, sa silhouette qui s'éloigne.

Isa m'emmène dans des dîners, et ils font tous de grands yeux. Je connais les livres et je parle beaucoup quand je bois trop. Une fois, je me replie dans la salle de bain avec une Japonaise qui n'a pas prononcé un mot de la soirée. Elle agite son ventre, m'étreint ; j'aimerais l'embrasser, mais je prends le pommeau de douche, lui envoie de l'eau glacée dans la figure. Elle dégobille violet dans le lavabo, et on finit toutes les deux dans la baignoire. Isa me demande de « cesser mes enfantillages », je lui réponds qu'elle n'est pas ma mère. Je refuse les vêtements qu'elle veut m'offrir ; j'ai mon perfecto, la casquette du jardinier, c'est bien comme ça. Je suis vierge. Ils regardent mes seins, mes croûtes aux coudes, ils me désirent. Elle murmure de sa voix rauque, autoritaire (j'aime cette sensation), qu'elle me grondera de retour à la maison, que je lui coupe sans cesse la parole. « Vous brillez plus que moi, Syl, et je ne sais pas qui vous êtes ». Oui, je brille d'une lumière morte.

Une nuit, cherchant le sommeil, je déambule dans le salon et je la surprends debout, devant la baie vitrée. Sa peau luit dans la pénombre éclairée par les néons du dehors ; j'aimerais pouvoir me jeter à ses pieds, coller ma bouche contre ses cuisses nues et la mordre jusqu'au sang.

Elle m'emmène rue de l'Odéon, au 12, nous passons devant la librairie de Sylvia Beach qui, la première, édita *Ulysse* et fut trahie par Joyce ; elle me cite Emmanuel Berl[3], me lit *Ariel* de Sylvia Plath, qui vient d'être traduit en français. Toutes les Sylvia vont y passer.

Le téléphone sonne : « Isabelle est là ? » Je hurle son prénom qui résonne dans l'enfilade des pièces à moitié vides, elle déteste ça ; le « Isabelle » est maternel. Elle s'énerve, vitupère, son visage se durcit et d'une main, elle fouille ses cheveux courts, comme le furent les miens, qui repoussent trop vite. Elle m'emmène chez Rock Hair où j'insulte le coiffeur. « Enfin Sylvia, tout Paris défile ici, vous ne pouvez pas faire ça ! »

Certains disent que l'on se ressemble. L'idée me dégoûte. Elle va deux fois par semaine au Bon Marché avec sa mère et au drugstore Saint-Germain, où elle a ses habitudes. Elle y fait semblant d'écrire, puis invite pour un verre un des garçons qui racolent sur le trottoir du boulevard, parfois le ramène à la maison. Nous buvons du champagne dès cinq heures de l'après-midi, des gens entrent, sortent. Elle s'éclipse dans sa chambre avec sa conquête, reparaît, le nez rougi, en fumant à la chaîne, mais veille toujours sur l'assemblée, d'un œil circulaire et hautain. Pour mes vingt ans, elle m'offre les *vingt plus beaux livres du monde*. Je pleure, elle me prend dans ses bras ; c'est la première fois. Elle dit qu'il y a une autre

---

[3] « À la vie que j'ai vécue, au personnage que je suis, au monde que j'ai vu, je ne peux pas acquiescer. Cette vie manquée, ce monde absurde, si j'y acquiesçais, ce serait encore pire ». *Sylvia*, 1952

surprise, et nous roulons dans la nuit de mars, en laissant tous les invités derrière nous. Je suis ivre, je ne m'appartiens plus et ne sais rien d'autre que la souffrance et la perte. Je jurerais sentir l'odeur de mes parents, du cuir des sièges de la Panhard. Je me penche par la portière. Le vent, cette fois, me résiste-t-il ou me pousse-t-il en avant ? Nous nous enfonçons au milieu des feuilles, dans l'ombre géante des arbres, et arrivons enfin. Elle dit : « Sylvia, c'est un peu *selva* non ? On enlève le "i" et le "y", on le remplace par un "e". En latin, ça veut dire forêt ». Je pense à Luka et à *L'Enfer* de Dante, son passage préféré de *La Divine Comédie*, « sans tout comprendre » marmonnait-il... « Tu es bête, donne-moi ça ! », et je lis « *Mi ritrovai per una selva oscura.* Je me retrouvai dans la forêt obscure », et le livre à la main, dans le parc, nous nous sentons légers. Un court instant, chaque chose semble à sa place.

L'air est vif et dense cette nuit, a une odeur de feu. Il fait froid dans la maison, Isa et moi dormons ensemble. Maintenant, c'est elle qui pleure, elle ne peut plus s'arrêter de pleurer. Elle veut que l'on s'installe ici, hors du monde. Elle y écrira son chef-d'œuvre, elle en a déjà le plan, l'idée. Je ne pense qu'à rentrer, prendre mes affaires et ne plus la revoir. Elle s'amuse de moi : je mâchouille des biscuits que je tiens du bout des doigts, toujours sur le point de tomber, comme une enfant. Nous marchons dans les bois. J'enlace les troncs rugueux, je frotte mes joues contre l'écorce des chênes et des châtaigniers. Je me dresse et, de leurs racines jusqu'au ciel, je sens leur sève me parcourir. Il faut que des forces me reviennent, il le faut. Le deuxième matin, elle m'enjambe, presse son sexe contre le mien, en ciseaux. Bientôt trempée d'une sueur douceâtre, elle glisse deux doigts dans ma bouche. J'ai horreur de ses yeux sur moi, mais c'est cette aversion coupable qu'elle m'inspire depuis le début, qui bientôt me fait crier, et réclamer encore ses lèvres et ses doigts qui entrent dans mon corps sans ménagement. Je la vois se repaître de m'avoir eu, enfin ; se réjouir du succès qu'elle va reconquérir, grâce à notre amour, elle en est persuadée. Je me découvre couarde, faible, je ne dis rien, je me laisse faire ; j'ai vingt ans et je suis finie, lessivée, morte. Mutiques, nous rentrons à Paris.

Ils sont, comme tous les jours maintenant, agglutinés rue de Seine. Elle passe entre les gens, va se réapprovisionner en alcool dans la cuisine grande comme un paquebot ; elle effleure un dos nu, lance un mot d'auteur à la cantonade. Elle me demande de lui enlever les bottes qu'elle porte très serrées, « ses bottes la serrent ! » éructe quelqu'un en s'esclaffant. Isa Lasserre jubile. Je tire, fort, j'en tombe à la renverse. Je reste allongée par terre, étourdie, nauséeuse ; elle fait glisser une chaussette, pose son pied nu sur mon visage, l'écrase un peu ; l'odeur de sa peau et du cuir mélangés me réveille et m'excite. J'attrape un orteil entre mes dents, elle me traîne jusqu'à sa chambre.

Bientôt, tout aura disparu, presque toutes les traces de son existence. Trois clichés sur l'Internet, un forum ouvert sans échanges, un PDF de coupures de presse, ses livres à quelques euros sur Amazon. Une nuit, je file, en prenant mille francs dans son portefeuille.

« Dès qu'ils l'ont su, ton père a eu cette idée de photographier ta mère enceinte chaque semaine, pour avoir un souvenir. Neuf mois, trente-six poses. Il a donné la pellicule à développer la veille de l'accouchement. Le bébé est mort à la naissance, étranglé par le cordon, en juin 1960. Françoise a voulu mourir avec lui. Elle ne parlait que de cela. En finir. Elle ne supportait plus rien. Après, quand elle est rentrée, elle est restée au lit pendant trois, quatre mois, je ne sais plus ; il a fait si froid cet été-là, il a tellement plu. Et puis, j'ai eu cette aventure avec ton père. Il aimait ça, ton père, il fallait le faire tout le temps. On se cachait à peine, il m'a donné du plaisir, celui-là ! Un jour, elle est entrée dans la cuisine, en chemise de nuit. Elle nous a surpris, je l'avais dans la bouche. Elle s'est préparé du thé, elle était si maigre. Il s'est raidi, le salaud, elle lui plaisait encore. Il suivait ses jambes nues sur le carrelage, son cul d'adolescente sous l'étoffe ; elle ne nous a pas jeté un regard. Après, elle est tombée enceinte de toi. Elle t'a vraiment attendue, tu sais. Elle disait à Michel : j'attends cet enfant, je l'attends impatiemment. Au début, elle était joyeuse, je ne l'avais jamais vue comme ça, et puis, c'est long neuf mois, elle est retombée au fond du trou, pire qu'après la mort de ton frère. »

Mon frère !

Les visions surviennent à nouveau dernièrement. Très brèves, toujours la nuit. Il n'y a plus que des visages, des noms, des mots, une seconde à peine, un éclair de temps. Suis-je punie de ne pas les avoir compris, de n'en avoir rien fait ?

Elle est au milieu d'inconnus, allongée sur un canapé, impeccable, vernis, rouge à lèvres, apaisée : ma tante, le visage lisse, les yeux clos.

— Pardon, mais… je ne sais pas où est ta mère, Sylvia, je ne sais même pas si elle est vivante. Je dois te laisser ; rappelle-moi si tu veux.

On se laisse beaucoup dans la famille.

Combien de temps vais-je sentir les ombres me prendre et me jeter, combien d'années vais-je les autoriser à me détruire, comme s'il fallait tout faire pour confirmer ce pressentiment, cet augure d'inévitable chute ? Le peu d'espoir qu'il me reste, il faudra l'écarter ; ils s'y emploieront, et je vais les y encourager. Je disparaîtrai sous les baisers, je ne serai plus qu'un accessoire, un peu de peau tendre et griffée, une coque vide qu'on utilise et qu'on bazarde. Buste fier, corps malmené, j'apprendrai les caresses qui plaisent, dans des fêtes flamboyantes et sordides que je traverserai sans me reconnaître, et dont ils parlent encore aujourd'hui ; nuits qu'on se remémore en nostalgie fade, où ils prétendaient enfin vivre, réinventer le monde, moi qui n'y voyais que ténèbres où m'abstraire. 83, 84, 85, 86... Jours, mois, années... Pulvérisés sous le poids des soleils qui éclairent faiblement, parfois.

Je dis les mots qu'il faut, je ris au bon moment, je suis parfaite, vivante, cultivée ; je m'efface, je disparais. Et puis, pour ne pas m'avouer qui je suis vraiment, je me tiens derrière un homme, je fais comme les autres. Trop longtemps. Il se prendra pour le sauveur de Sylvia, mais il m'en faut plus, le mal est profond, les coquetteries mentales, terribles. On tient à son malheur d'abord, et quand on finit par essayer de l'abandonner, galeux comme un chien, croyant s'en être débarrassé, surprise, il est toujours là, collant, gluant, et la vie devient cette longue suite d'actes, de gestes répétés et cotonneux, à l'encontre de soi. Il ne me reste presque rien de lui, une trace imaginaire, des odeurs que je n'aimais pas ; sa jouissance sur mon ventre, oui, car je ne veux pas d'enfant, surtout pas d'enfant. Jamais. Et puis ses conseils, ses reproches. Le monde est un reproche. Je ne me souviens plus du timbre de sa voix. Étrangère à moi-même, dans quel endroit de ma tête avais-je fui pour accepter cela, qui était-il pour que je lui accorde tant, sans presque rien en échange ? Abrutie par les mensonges et les promesses non tenues, il me reste un peu de colère pourtant, assez pour qu'un matin, comme une voleuse sans butin à qui l'on aurait pris le peu qui lui restait, je parte — comme j'ai quitté Isa Lasserre et le reste. Comme on m'a quitté. Après combien de temps perdu ? « L'amour est une ombre. Tes pleurs, tes mensonges ne sauraient le retenir. Écoute : ce sont ses sabots, il s'enfuit comme un cheval ». Une autre Sylvia (Plath) écrivit cela et crût bon d'en finir, la tête dans un four de cuisine, à l'âge de trente ans.

Une de ces nuits où je ne dors pas, de passage sur le canapé charitable d'une vague relation, je découvre un numéro de téléphone, noté au crayon, sur la page de garde d'un de ces livres gardés avec moi, jamais ouverts (le *Demian* d'Herman Hesse, hanté par Dante, lui aussi), et je retrouve Anny quand je m'y attends le moins, presque dix ans après qu'elle nous ait tous laissés. Mais ce ne sera plus la même Anny, ce sera la mort déguisée. Pourtant, enfin, nous sommes ensemble, emboîtées l'une dans l'autre en des nuits absolues de tristesse, des nuits sans plus rien que notre terreur et la certitude d'avoir échoué en tout. Je partagerai ses mauvaises habitudes, son goût du risque et ses petites affaires, et je crois qu'elle m'aimera plus que je ne l'aimerai, car je serai tout ce qui lui reste, après qu'elle ait tout dévoré, tout détruit. Et je l'accompagnerai jusqu'au bout, mais ça, je le garde pour moi, la fin d'Anny au creux de mon bras, je n'en parlerai pas.

Après, il faudra continuer. Mais comment ? Sortir, raconter ma vie, mes erreurs, à qui veut entendre — mais qui veut entendre ? Prendre tout sur moi, me dire que je ne mérite pas cette attention que je réclame, n'être pas trop exigeante. « Syl est si intense, bon Dieu, qu'est-ce qu'elle a dans la peau ? », quand les attentes se perdent dans le silence peureux de ceux qu'on croit amis. Ne comprennent-ils pas l'incandescence, le feu qui blesse et qui réclame ? Que dois-je faire ? Renoncer et prendre l'univers à témoin de cette mise à genoux, de cette reddition écœurante ? Ou alors, danser, montrer son corps — pourquoi pas ? Le maltraiter puisqu'il paraît que j'aime souffrir, que j'en redemande. « Arrête de te donner en spectacle », disait ma mère quand j'avais l'insolence de pleurer devant tout le monde, l'attendant régulièrement, une heure ou plus, à la porte de l'école. Comme elle, aveugles, ils ne se rendront compte de rien et il faudra mentir, du mieux que l'on peut, faire bonne figure : humaine, inoffensive, plus vraie que nature. Mais le rôle est dérisoire — petite figuration, et le prix à payer exorbitant. Alors, il n'y aura plus qu'à se noyer tranquillement, et ils ne feront rien pour venir à mon secours. Une saison chassera l'autre, Paris m'invitera dans son ventre brûlant pour me montrer et m'enseigner cette chose : il n'y a aucun sens à tout cela, aucun. Je marcherai et marcherai encore, je m'égarerai... Comme tout est lourd et lent. Dans la zone aveugle des avenues jaunes et sales, je me débattrai pour survivre comme je l'ai toujours fait. Forcenée, vaincue, à l'écart, tentant d'arracher à la réalité un peu de lumière et de chaleur.

Et puis, la lecture d'une annonce : « Cherche femme sérieuse, 30-50 ans, pour travail à temps complet en bibliothèque province, bonne connaissance de la littérature exigée », et la promesse de quitter cette ville que je hais, car je ne peux pardonner, je n'en suis pas capable. Bien sûr, je serai la même ailleurs, même au milieu des arbres et du chant des oiseaux, et même si, de mon lit, réveillée par les cloches de l'église d'à côté, il me semble, certains matins, revivre un peu, échapper à quelque inextricable piège temporel. Je me prépare à rencontrer Marthe, qui, je le sais maintenant, est là, quelque part à m'attendre. Je nettoie la boue accrochée à mes pas, l'amertume, les drames. Il faudra dix autres années pour cela, dix ans de plus à grandir, se salir et apprendre de leurs bouches abîmées comme je suis vieille. En ces après-midis noyés, languides, où les suicides se décident, je penserai à la mort ; je m'en approcherai et elle me parlera : « Tu n'as pas assez souffert, descends plus bas. Si tu crois être arrivée, que l'ordure est derrière toi, détrompe-toi ; il y a mieux, il y a pire. Qui sera là pour t'aider ? Regarde, tu fais peur, Sylvia ! » Et il faudra encore la force de tout quitter à nouveau, pour ouvrir grand les bras, et créer cet espace en moi, vide de toute impureté et de toute inquiétude.

Pour enfin laisser entrer Marthe et son amour.

Épilogue

Je dois partir. En plus de la pluie, l'hiver est intenable ici. En sortant bien éméchée du Loup Blanc, l'unique copie sur papier de cette vie, que je traîne partout, est tombée sur le trottoir. Cinq cents feuilles à ramasser, à genoux dans les flaques d'eau. En rentrant, je pense, un moment, tendre dans le salon plusieurs cordes à linge, y faire sécher les pages, une par une. Mais, en poussant un cri que je n'aimerais entendre venant de quiconque, je balance le paquet dans les flammes.

*

Elle passe, repasse. Dans un nuage de graviers et de poussière. Moi, assise sur la pelouse du parc, j'essaie de reconstituer le manuscrit que j'ai jeté au feu quelques semaines auparavant. Je loue un appartement au rez-de-chaussée d'un immeuble de sociétés d'assurances. Depuis mon arrivée, le temps est anormalement chaud, le ciel d'un bleu fatiguant. Mais là où je vis, nulle lumière, j'ai installé des bougies partout ; je sors tôt le matin, rentre à la nuit.

Elle passe et repasse, toujours en courant. Une fois, je la remarque ; elle s'arrête à quelques mètres, tête en avant, les mains sur les genoux ; elle reprend sa respiration pour me parler.

— Vous avez une cigarette ?

— Vous voulez fumer ? Maintenant ?

— Pourquoi pas ?

Et elle disparaît. À peine ai-je vu son visage, une casquette lui barre les yeux.

Ma pauvre vie immolée dans les flammes ! Je revois mon geste, le goût de liberté, vite aliéné par ses conséquences. Et c'est comme si j'avais gâché, effacé tout, une deuxième fois, comme si j'avais bradé la misère dont je ne sais pas me souvenir. Je glisse dans l'herbe, enfonce mes doigts dans la terre. Je dessine avec mes pieds d'invisibles motifs sur le sol. J'implore. Ai-je encore un peu de temps ? Aidez-moi ! Le soleil brûle, pourtant nous ne sommes qu'en avril. J'ai eu cinquante ans il y a quelques jours. On ne dirait pas. La grande peine protègerait-elle ? Je ne sais plus à quoi je ressemble, le miroir de la salle de bains, je m'en suis débarrassée. Je n'ai jamais été ce genre de femme. Mais quelle femme ai-je été ? Celle qui s'est débattue, qui a trop pleuré, celle qu'on laisse et qui ne se sent bien nulle part, ou celle qu'on a rayée d'un trait, comme dans ces listes de commissions que ma mère faisait le samedi, pour ne rien oublier, surtout ne pas oublier ce qui n'a pas d'importance, et finalement ne rien savoir de ce qui dévorait mon cœur, ne rien voir de ce qui crevait les yeux.

Une voix me sort des pensées ressassées, quelqu'un se penche, un souffle dans mon cou.

— Vous vous mettez toujours à la même place !

Je me redresse.

— J'aime regarder les gens, dit la voix

— Pas moi !

— Vous dormiez, pardon, je suis désolée !

— Non, je ne dormais pas, vous voyez, et puis… tout le monde est désolé, mademoiselle. On fait les pires choses, on est désolé.

Les larmes lui montent aux yeux.

— Je m'en vais alors.

— Et maintenant, vous me laissez ! Vous ne savez pas ce que vous voulez !

Présence. Que je sens et ne m'explique pas. Quelqu'un est là, avec moi ; personne ne l'a jamais été comme ça avant.

— Je m'appelle Marthe.

— Je suis Sylvia.

Nous nous croisons presque chaque jour. Elle s'installe à côté. Quand elle est en retard, je guette son arrivée. Quand je le suis, abrutie d'une nuit coupée en morceaux, je hâte le pas pour la retrouver. Je la vois sortir la tête de son cou, la tourner dans tous les sens pour m'apercevoir dans l'allée. Nous parlons de tout sauf de nos vies ; parfois pourtant, comme je retrouve quelque trace de la mienne, naissant d'un mot prononcé ou d'un ongle que j'entends gratter son poignet ou son coude, je me mets à griffonner dans mon carnet, sous la dictée de son regard et de son attention. Marthe me protège et je n'écris plus pour moi, j'écris pour elle. Une fois, je l'invite là où je vis. Pour y voir quelque chose, il faut allumer les bougies, une par une. Elle s'amuse comme une enfant. « Venez, je suis fatiguée, prenez ma tête entre vos mains ». Et, sur le canapé, elle s'endort presque aussitôt. Les jours sans Marthe ne me plaisent pas, les jours sans Marthe ne comptent pas ; je ne veux plus de jours sans Marthe.

*

Ce matin-là, je décide de retourner sur mes pas. Les fantômes m'aideront-ils à comprendre quelque chose ? Je rejoins la rue de Seine, m'arrête rue Bachaumont ; il y a une grille, un interphone, l'immeuble semble avoir été entièrement rénové. Un vieil homme en sort, je l'aborde en évoquant la cave numéro sept. Je caresse l'idée idiote de retrouver toutes ces choses dont je ne voulais plus il y a trente ans. Et si le temps s'était arrêté ? Il me parle de travaux, il y a une dizaine d'années. « J'ai récupéré un tas de bouquins et un *rocking chair* qu'ils avaient foutu dehors, je l'ai toujours, vous savez. »

Mon *rocking chair*.

Elle est devant moi, à quelques pas. J'aime sa silhouette, la suivre des yeux. Elle se retourne dans ma direction, jette ses bras en l'air, prend le ciel pour témoin. Elle marche en riant aux éclats, Marthe fait souvent ça quand elle est heureuse. Elle est si jeune, je pourrais être sa mère. Il paraît que nous formons un joli couple.

Romans France

aux éditions L'Harmattan

Dernières parutions

BIANCA DE MÉDICIS
Grande duchesse de Toscane - Biographie romancée
Roger Baillet
Premiers jours d'octobre 1587. François de Médicis et son épouse Blanche profitent des douceurs de l'automne. Le 8, on le dit fiévreux, ainsi que la grande duchesse. Francesco meurt le 19 octobre. Bianca, le 20. Le 21 octobre, les Florentins peuvent défiler dans l'église de San Lorenzo pour voir la dépouille du premier grand duc de Toscane. De celle qui partagea sa vie, aucune nouvelle. Disparue. Au fil des années, puis des siècles, le silence se fera rumeur, thèse officielle, vérité historique : l'exécrable Bianca, la putain vénitienne. Mais qui était Bianca de Médicis ?
(Coll. Amarante, 16 euros, 148 p., juillet 2017)
EAN : 9782343125442 EAN PDF : 9782140042157

JE VOULAIS ÊTRE UN ROLLING STONE
Roman
Guy Donikian
Petit-fils d'immigrés arméniens, Azad est un adolescent qui vit dans une petite ville de province. L'étude de la langue française est sa passion mais le côté carcéral de l'institution catholique choisie par ses parents le rebute. Soudain, l'écoute pour la première fois de la chanson *Satisfaction* viendra enchanter la vie du jeune Azad, qui va découvrir sa route située à la croisée de trois cultures : racines arméniennes dont il va se distancier, culture et éducation française et imprégnation anglo-saxonne par le biais de la musique.
(Coll. Amarante, 16 euros, 148 p., juillet 2017)
EAN : 9782343125374 EAN PDF : 9782140042225

MARENGO MARENGO
Magali Hack
Qu'est devenu Meursault, le personnage de Camus au destin réinventé ici ? Condamné à mort pour le meurtre de l'Arabe, il a finalement été interné dans un centre de soins de la métropole. Le temps a passé. Sa fille nous entraîne à la découverte de son quotidien et de sa relation avec son père. Très vite, Meursault et elle sont embarqués dans un voyage, une véritable quête dans l'intériorité des êtres. *Marengo Marengo*, variation littéraire de *L'Étranger*, propose au lecteur une nouvelle approche de ce classique de la littérature française.
(Coll. Amarante, 15 euros, 138 p., août 2017)
EAN : 9782343125701 EAN PDF : 9782140043178

UNE ÎLE SUR LE FLEUVE
Roman
Joël Hillion
Quand il débarque à Dakar pour la première fois, François La Marck ne connaît de l'Afrique que ce qu'il en a rêvé. Il part travailler à Saint-Louis comme anesthésiste, au début des années soixante, au lendemain des « indépendances ». L'expérience qu'il va traverser lui fera découvrir un continent au-delà de toutes ses attentes. Il s'attachera à des personnes uniques, aux personnalités singulières. Il connaîtra la passion autant que les souffrances. Il en sortira métamorphosé.
(Coll. Écritures, 26 euros, 296 p., juillet 2017)
EAN : 9782343125695 EAN PDF : 9782140042195

COMME DU VERRE BRISÉ, DES ÉCLATS DE MÉMOIRES
Roman
Claudine Jullien
Lorsque Claire reprend progressivement conscience, encore sous l'effet de l'anesthésie, elle ne comprend pas ce qui lui arrive. Elle tente de se remémorer les circonstances qui l'ont amenée là. Au cours de sa convalescence, elle retrouve de vieilles photographies dont elle avait oublié jusqu'à l'existence et qui la bouleversent. Commencent alors à émerger des souvenirs enfouis, de vieux récits familiaux faits d'exils, de silences et de secrets.
(Coll. Écritures, 18 euros, 178 p., juillet 2017)
EAN : 9782343126319 EAN PDF : 9782140042188

GRANVILLE FALLS
Marc Gontard
Granville Falls peut se lire comme un western de notre temps dont l'action se déroule en partie dans le Grand Nord canadien. C'est l'occasion pour le narrateur de prendre conscience de la crise écologique et de réfléchir sur les excès de la modernité dans cette course aveugle au « toujours plus ». C'est aussi le roman d'une passion féminine dont l'héroïne ne sortira pas intacte. Enfin, ce récit peut se lire comme une métaphore de la création du monde, d'une vie ordinaire percutée de plein fouet par le Big Bang, dont sortira un univers nouveau.
(Coll. Écritures, 20 euros, 206 p., août 2017)
EAN : 9782343126845 EAN PDF : 9782140043024

DU CHANT DANS LES ARBRES
Récit
Jeanne Nathan
Comment qualifier cet écrit ? Apostrophe aux aïeules, éléments épars d'une quête, récit d'une délivrance progressive, avec en ligne de mire, au centre, les relations entre un homme et une femme, lourdes de non-dits et de mémoires, comme un poème incantatoire pour échapper à l'asphyxie.
(9 euros, 52 p., juillet 2017)
EAN : 9782343125756 EAN PDF : 9782140042492

MARRAKECH PHOTO
Christian Henri
Parmi la foule de la place Djemaa el Fna à Marrakech, Yolande hèle Victor Meung, photographe reconnu dans le milieu artistique. Depuis vingt ans, ils ne se sont plus vus. Les souvenirs les interpellent sur leur relation passée, avec en

filigrane, l'évocation des réminiscences de l'histoire commune des civilisations arabo-berbères et espagnoles qui se sont affrontées, mêlées puis séparées. Autour d'eux, les personnages se découvrent, se rapprochent, s'éloignent au gré des rencontres, des sentiments et des passions où se mêlent les inclinaisons de chacun.
(Coll. Écritures, 19,5 euros, 206 p., août 2017)
EAN : 9782343125930 EAN PDF : 9782140042751

VOYAGE INITIATIQUE SOUS LE TROPIQUE DU CANCER
Isabelle Guichard Morin
Sarah, une jeune scientifique, s'embarque pour le Venezuela pour y réaliser une thèse dans une zone aride et isolée. Pour mener ses recherches, elle loge chaque mois durant une semaine chez un agriculteur. Elle y redécouvre la force et l'amour des liens familiaux, l'incroyable adaptation des éleveurs aux conditions de vie rustique. Parallèlement, elle s'intègre à la jeune équipe des chercheurs et vétérinaires du projet PICASA, sous la responsabilité d'Aurélio Martin qui se transforme très vite en aimant pour la jeune femme.
(Coll. Rue des écoles, 23 euros, 260 p., août 2017)
EAN : 9782343119748 EAN PDF : 9782140042799

OPÉRATION CONTRE-JOUR
Emmanuel Monterey
Marie, jeune diplômée en droit, est recrutée par les services secrets. Une rencontre avec un agent peu orthodoxe va donner à sa carrière une tournure inattendue. Maxime est photographe. Par le biais d'un reportage audacieux, il espère atteindre la notoriété. Mais en fait, c'est le froid et la faim qu'il va découvrir au fond d'une cave de Tchétchénie. Après avoir rencontré la femme de Maxime, Marie entre clandestinement en Tchétchénie. Seule et sans véritable expérience de terrain, trouvera-t-elle l'énergie et les ressorts pour exfiltrer l'otage ?
(Coll. Rue des écoles, 23 euros, 262 p., août 2017)
EAN : 9782343126463 EAN PDF : 9782140043123

L'AMOUR PLUS FORT QUE LA HAINE
Rose Pequignot
Le nouveau roman de Rose Péquignot conte l'histoire d'Aurélie, enfant de parents divorcés qui ont refait leur vie en laissant leur fille à sa grand-mère, qui l'a rendue très heureuse. Mais à peine majeure, sa grand-mère disparue, elle doit gagner sa vie. Engagée comme mère de remplacement auprès d'un petit garçon orphelin de mère, Aurélie est en butte à la haine et à la jalousie d'une parente qui lui dispute l'amour du père de l'enfant. Comment va-t-elle réagir ?
(13 euros, 114 p., juillet 2017)
EAN : 9782343123097 EAN PDF : 9782140041914

DEUX HEURES AVEC MA MÈRE
Vincent Bouton
Soudain elle tombe en larmes. Des larmes claires, avec leurs sanglots purs, non retenus, et la voix qui s'y noie. Des larmes de désespoir chez celle qui m'a enseigné l'espérance. Je n'ai rien à lui offrir : aucun réconfort forcément mensonger, aucune échappatoire religieuse ou spirituelle, aucun pronostic médical que je sais vain. Je n'ai rien d'autre à lui offrir que le silence de mes propres larmes. Elle me tend alors ses bras maigres et je me penche vers elle, lui tendant les bras maladroits d'un petit

garçon de 64 ans. Ce qui suit ne peut subir l'offense des mots, aussi beaux qu'ils soient.
Coll. Amarante, avril 2017, 114 pages, 13 euros
ISBN : 978-2-343-11605-1 / EAN PDF : 9782140034442

LA FEMME ÉCRITE
Michel David
C'est l'histoire immobilisée et très ancienne d'un amour vécu dans la culminance de la passion, qui se déroule dans une petite ville du bord de mer des années soixante-dix. Elle, elle s'absentera, mais lui continuera contre toute raison à l'aimer définitivement, et deviendra écrivain. Le récit nous entraîne dans l'énigme de cet amour infini et dans l'écriture du livre qu'il inspire, mais aussi, inévitablement, vers celle de la mélancolie propre à chaque être et à chaque chose du monde.
Coll. Amarante, avril 2017, 174 pages, 17.50 euros
ISBN : 978-2-343-11692-1 / EAN PDF : 9782140034138

LA COURTISANE ROUGE
Robert Pialot
Un grand reporter français, qui a longtemps vécu en Chine, vient enquêter sur une importante affaire de contrebande à l'importation de produits de luxe, survenue dans un petit port tranquille de la côte sud de la Chine. Parmi les interviews que lui a ménagées un ami journaliste à Hong Kong, une belle Chinoise, cultivée et ouverte, ayant quelques liens avec les leaders locaux. Arrivé sur les lieux, le reporter ira de surprise en surprise...
Coll. Écritures, avril 2017, 234 pages, 22 euros
ISBN : 978-2-343-11331-9 / EAN PDF : 9782140033391

MASQUES
Pierre Pommier
Enfermement et dépendance affective sur fond de fête villageoise pyrénéenne. Dans sa maison forte à flanc de montagne, Mariam tisse des images de laine représentant des carapaces écartelées. Elle attend le retour de son mari mystérieusement disparu. Le jour de la fête annuelle du village, des conteurs masqués racontent des histoires réelles ou imaginaires sur le pays, le temps, la vie, la mort. Mariam fait partie du jury. Elle espère reconnaître son mari parmi les conteurs.
Coll. Écritures, avril 2017, 186 pages, 18 euros
ISBN : 978-2-343-11715-7 / EAN PDF : 9782140034060

L'ESCALE ÉCOSSAISE
Walther Adriaensen
Une fois le volet métallique de la pâtisserie levé, Henri regarda la rue désespérément vide à cette heure matinale, il alluma une cigarette et se demanda à quel moment sa vie lui avait échappé et quel matin tout avait basculé. Kira regardait depuis le pont supérieur du ferry rouge les côtes de sa petite île du nord de l'Écosse s'éloigner, serrant contre elle le carnet rempli de ses projets. Roman poignant d'une vie qui s'échappe et d'une autre qui ne demande qu'à grandir, *L'escale écossaise* est un récit plein de fraîcheur où la quête du bonheur est omniprésente.
Coll. Écritures, avril 2017, 244 pages, 22.50 euros
ISBN : 978-2-343-11952-6 / EAN PDF : 9782140035692

L'Harmattan Italia
Via Degli Artisti 15; 10124 Torino
harmattan.italia@gmail.com

L'Harmattan Hongrie
Könyvesbolt ; Kossuth L. u. 14-16
1053 Budapest

L'Harmattan Kinshasa
185, avenue Nyangwe
Commune de Lingwala
Kinshasa, R.D. Congo
(00243) 998697603 ou (00243) 999229662

L'Harmattan Congo
67, av. E. P. Lumumba
Bât. – Congo Pharmacie (Bib. Nat.)
BP2874 Brazzaville
harmattan.congo@yahoo.fr

L'Harmattan Guinée
Almamya Rue KA 028, en face
du restaurant Le Cèdre
OKB agency BP 3470 Conakry
(00224) 657 20 85 08 / 664 28 91 96
harmattanguinee@yahoo.fr

L'Harmattan Mali
Rue 73, Porte 536, Niamakoro,
Cité Unicef, Bamako
Tél. 00 (223) 20205724 / +(223) 76378082
poudiougopaul@yahoo.fr
pp.harmattan@gmail.com

L'Harmattan Cameroun
TSINGA/FECAFOOT
BP 11486 Yaoundé
699198028/675441949
harmattancam@yahoo.com

L'Harmattan Côte d'Ivoire
Résidence Karl / cité des arts
Abidjan-Cocody 03 BP 1588 Abidjan 03
(00225) 05 77 87 31
etien_nda@yahoo.fr

L'Harmattan Burkina
Penou Achille Some
Ouagadougou
(+226) 70 26 88 27

L'Harmattan Sénégal
10 VDN en face Mermoz, après le pont de Fann
BP 45034 Dakar Fann
33 825 98 58 / 33 860 9858
senharmattan@gmail.com / senlibraire@gmail.com
www.harmattansenegal.com